シャルパンティエの雑貨屋さん 2

登場人物紹介
ユリウス
Julius
シャルパンティエの領主様。髭面の大男。冒険者時代の二つ名は『洞窟狼』。
アレット
Alette
お姉ちゃんを追い掛けてきた行動力満点で魔法も使える薬草師。
ジネット
Ginette
いよいよ開店に至った雑貨屋『地竜の瞳商会』の店主。

ディートリンデ
Dietlinde
シャルパンティエギルドのマスター。魔術師で『銀の炎』の二つ名を持つ。
ラルスホルト
Larshold
シャルパンティエにある『ラルスホルト鍛冶工房』の若き親方。
ディータ
Diether
シャルパンティエにあるパン屋『猫の足跡』亭の主人。
イーダ
Ida
ディータの妹。パン屋の配達もする
シャルパンティエで最年少領民。

パウリーネ
Pauline
アロイジウスの妻。元冒険者で未だ健脚。

アロイジウス
Aloisius
ヴェルニエギルドの元マスター。経験豊富で二つ名は「孤月」。

ユーリエ
Julie
冒険者宿『魔晶石のかけら』亭の給仕担当。カールの妻

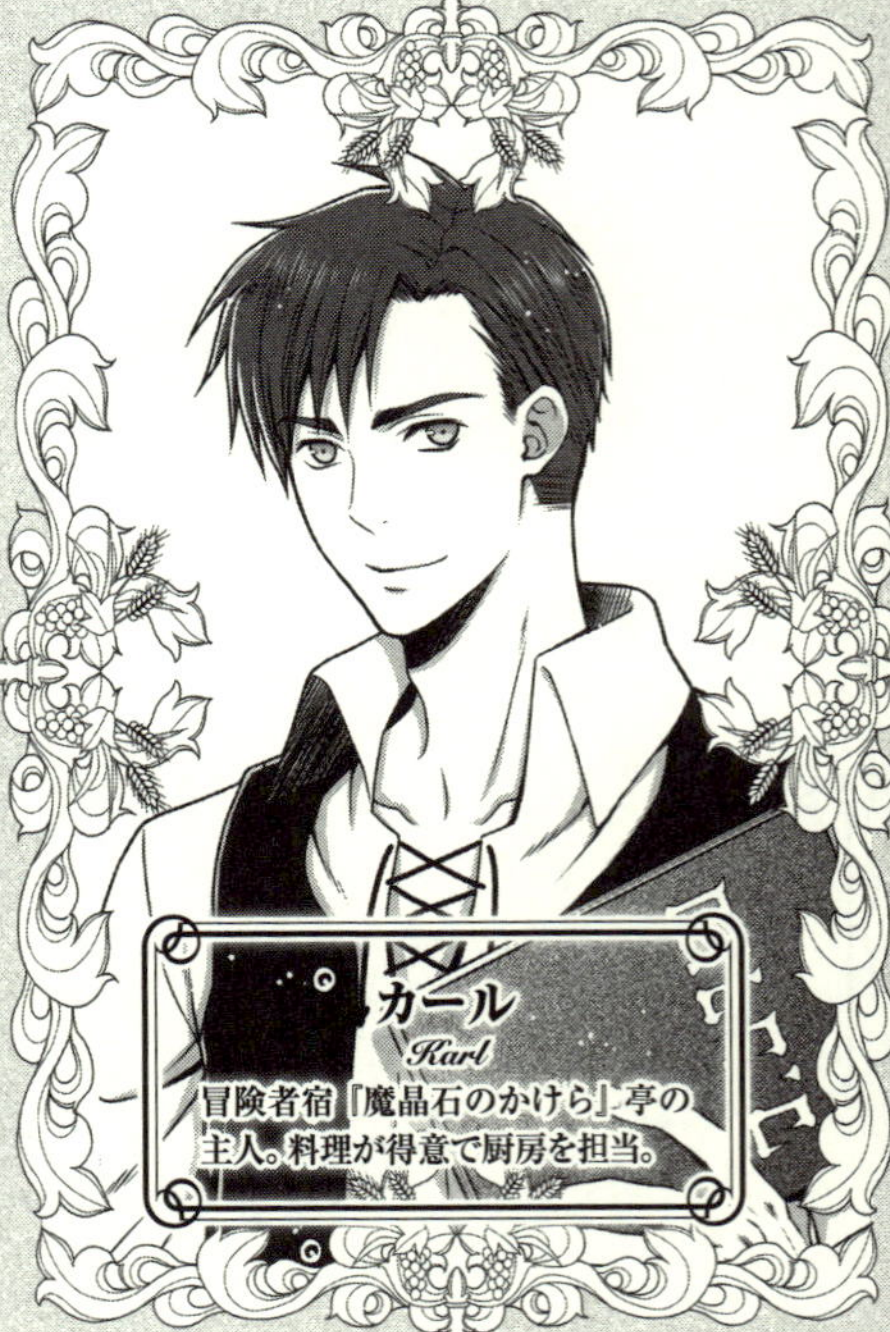
カール
Karl
冒険者宿『魔晶石のかけら』亭の主人。料理が得意で厨房を担当。

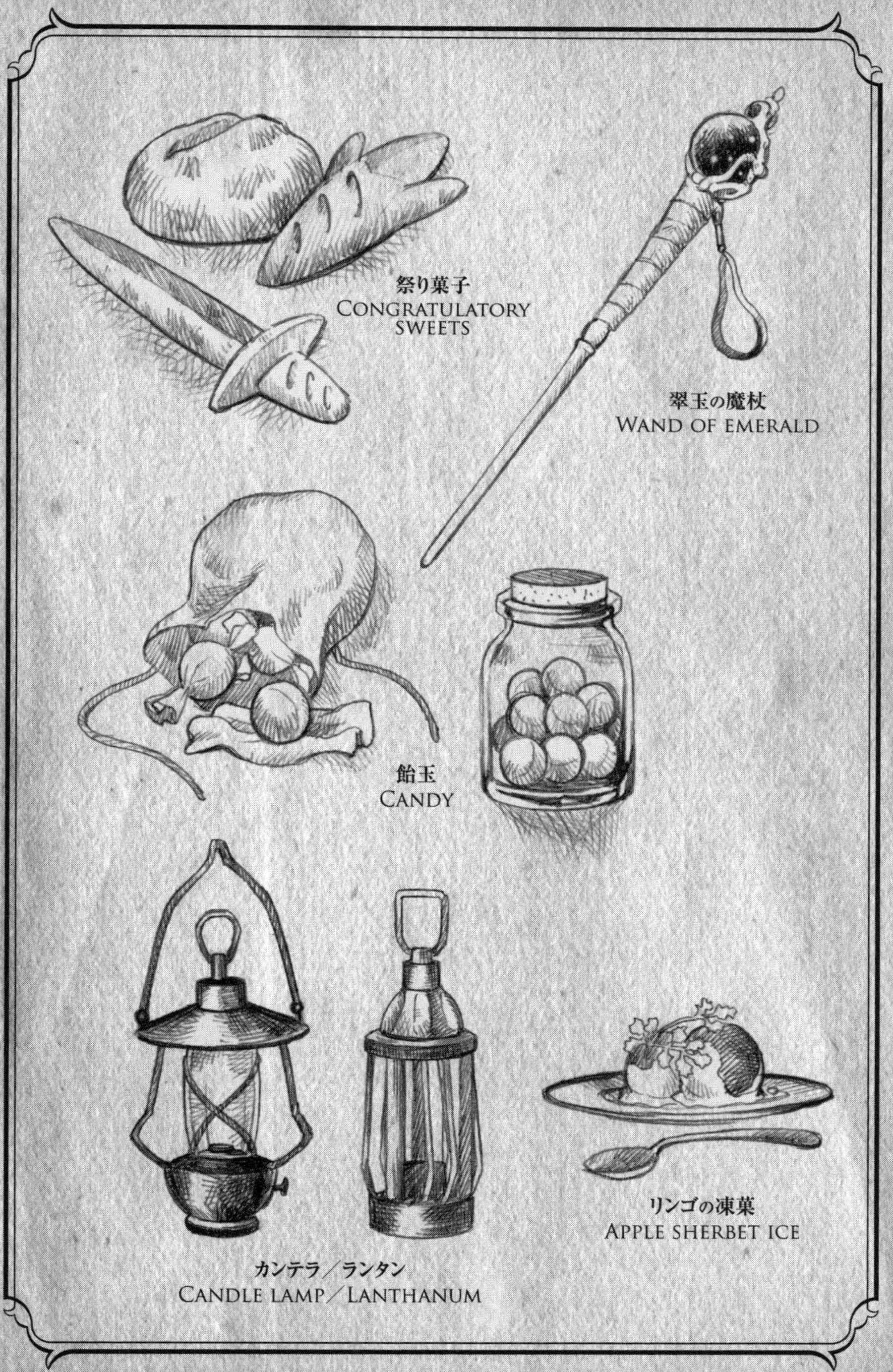

祭り菓子
Congratulatory sweets
翠玉の魔杖
Wand of emerald
飴玉
Candy
カンテラ／ランタン
Candle lamp／Lanthanum
リンゴの凍菓
Apple sherbet ice

シャルパンティエの雑貨屋さん

General Store in Charpentier

Welcome to a general store in Charpentier, the firm of ground dragon eyes.
There is surely the item which you are looking for.
Ginette, a beautiful store manager waits with a smile anytime.

シャルパンティエの雑貨屋さん 2

General Store in Charpentier

Welcome to a general store in Charpentier, the firm of ground dragon eyes.
There is surely the item which you are looking for.
Ginette, a beautiful store manager waits with a smile anytime.

Contents

第一話「開店」

ひゅいー、ひゅいー。

聞き慣れない小鳥の声に、わたしは夢うつつながらも目を覚ましかけた。

「あれ……？」

何か、落ち着かない。

この『パイプと蜜酒《みつしゅ》』亭に寝泊まりするようになって半年あまり、朝方になると騒がしいのにも慣れたけど……って、今日は妙に静かだね？

「……あ」

そうだ……。

ここはヴィルトール王国東方辺境のシャルパンティエ領、鼻をくすぐる新築の木の匂いと、山の中の澄んだ空気が……昨日まで住んでいたヴェルニエの街じゃないことを、そっと優しくわたしに教えてくれた。

東の果ての山の際《きわ》、広場のすぐそばにダンジョンが口を開けている真新しい村。

わたしのお店、『地竜《ちりゅう》の瞳《ひとみ》』商会シャルパンティエ本店がある場所だった。

まぶしい朝の光を避けるようにころんと寝返りを打ち、こっちに来てからはいろんなことがあったなあと、シャルパンティエに来るまでのことを思い返す。

去年の秋、偶然手に入れた営業許可証を懐《ふところ》にアルールの実家を出て、旅を重ねてヴィルトールの東方辺境にたどり着き、ユリウスと出会ったのが冬の入り口で……。

領地に誰も住んでいないと聞いて、怒鳴りつけたこともあった。

ダンジョンがあると知って、びっくりしながらも雑貨屋さんを出店する約束をした。

領主代理なんていう、わたしとは縁のなさそうな仕事を押しつけられもした。

……同じ部屋で寝ることになって、慌てたこともあったっけ。

でも……思い返せば、その全てが楽しくて、温かくて。

念願の『わたしのお店』を持てることになったし、ほんと、迷わず旅立ちを決めて良かったなあ……。

……って、のんびりもしていられないね。

このベッド、固すぎもせず柔らかすぎもせず、寝具まで上等なのか、ふんわりと身体を包んでくれちゃって……とても困る。

「あー……」

そりゃ、昨日も荷ほどきとお掃除で疲れたし今日ぐらいはゆっくりしていたいけれど、やらなきゃならないことがありすぎて、数えようにも何から数えるか迷うぐらいだった。

開店は明日、お店の準備はもちろんだけど、この建物を『使える』ようにしなくちゃならない。馴染《なじ》む……なんて言い方もするけれど、わたしも今はまだ、ここに住んでいるという気にはなっていなくて、真新しい建物にお邪魔しているって気分が抜けなかった。

台所も今日中に一通り用意しておきたいかな。ユリウスが来た時、せめてお茶ぐらいは一緒に飲みたいし、湯浴《ゆあ》みもまだ出来ないんだものね。

「……よしっ！」

毛布をはねのけたわたしは、ぐぐーっと大きく伸びをした。

まずは朝の支度だ。ささっと着替えて二階の窓を全部開け、階段をとんとんと降りる。

「えっと……」

台所用品も昨日の馬車便《びん》で届いているけれど、当然ながら荷をほどく余裕はなかった。

すぐに見つかった炭の袋はともかく、食器やお鍋はどの行李《こうり》だったっけ……？

私物は引っ越し準備の一番最後の方になったし、入れた順は覚えているけれど、行李はお店の仕入れ用に使うことを考え、まとめて四つ、同じ大きさのを買ったから開けてみないとわからない。

……後から飾り紐《ひも》でもくくりつけておかなきゃね。

一つ目二つ目と外して、三つ目の行李からようやく、割れないように着替えで包んだ茶杯《ちゃはい》や食器を見つけた。

散らかし放題に散らかしたけど、とりあえず、二階に持って上がる分と仕分けて……ああもう、後でいいや、先にお腹の音をしずめよう。

わたしは手鍋《てなべ》と手ぬぐいを持ち、積まれた商品の間を通って表に出た。

広場には、誰もいなかった。

この時間だと、『魔晶石《ましょうせき》のかけら』亭は朝の準備で忙しいだろうし、ギルドは夜番《やばん》の人が居るけれど、お仕事はもう少し遅い時間からになる。昨日うちの荷物を運んできてくれた馬車もないから、ルーヘンさんはもうヴェルニエに向けて出発したみたい。

井戸に近づけば水場には濡《ぬ》れた跡があって、誰かさんと入れ違いになったのをちょっと残念に思う。

実家だと、井戸まで水を汲《く》みに行けば大概《たいがい》は誰かがいて雑談に花が咲き、帰ってこない母さんを迎えに行ったアレットがやっぱり帰ってこなくて……。まあ、それを迎えに行ったブリューエットやわたしも、話好きのおばさん達に捕まっちゃうんだけどね。

そんなことを思い出しながら桶《おけ》を手に取れば、新築の家と同じ真新しい木の香りがして、なんだかやる気も湧いてきた。

「……あれ!?」

井戸底《ぞこ》に落とした桶を引き上げると、随分軽い。見上げれば、田舎には不釣《ふつ》り合いな、滑車式《かっしゃ》の大がかりな仕掛けが天井に取り付けられていた。

うちの実家の方でも、縄《なわ》で繋がった桶がぶら下がってるだけの片持ち式が殆《ほとん》どだったのに……。

滑車の仕掛けは割と高価なはずなんだけど、これもユリウスの気遣《きづか》いなのかなあ。

飲み水にする分を手鍋に満たし、残りで顔をぱしゃりと洗う。

あー、冷たい。気持ちいい。

「ふう」

自分の使う道具は事細《ことこま》かに気にするのに、それ以外のことは『皆が困らないならそれでいいぞ』なんて、他人任せなところも多かったりするユリウスだものね。……張り切った大工さん達の言葉に、そのまま頷《うなず》いちゃった可能性もあるけれど。

くくう。

さ、さあ、戻って朝食にしよう。……誰もいなくてよかった。

「……」

空気の美味しい山村《さんそん》の優雅な朝は、搾《しぼ》りたての山羊《やぎ》のミルクと、焼き上がったばかりのチーズ入り白パンで始まる。……なんて、夢のまた夢だ。

今日の朝食は、パン樽《だる》から取り出したままの堅焼《かたや》きパンと井戸の水だけ。……火元の準備も何もかもが整っていないから、これは仕方がない。まだ荷ほどきしていない商品の中には干しブドウがあるけど、せめてジャムの小瓶《こびん》ぐらいは別に用意しておけば良かった。露店《ろてん》で見つけて買い込んだローゼルの茶葉は初日の荷物に紛れ込ませたのに、他の品物はすっかり忘れてたよ。

うん、明日ルーヘンさんが来たら、調味料と一緒にまとめて注文を出そう。

食材も欲しいけれど、もう一便二便は様子見かな。どのぐらい『わたし』に余裕があるか、まだわからないもんね。

ものすごく簡単で味気のなさすぎる朝食を済ませたわたしは、手ぬぐいで頬《ほお》かむりをして髪をまとめ、よし！　……と腕まくりをして商品の山に向かった。まずは大物の位置決めをして、小物は最後の方がいいかな。……時間がなかったら、私物は明日回しにしよう。

からら゚ん。

戸鐘《とがね》の音に身構え、反射的にくるりと扉の方に身体を向け頭を下げる。

「はい、いらっしゃ……おはよう、ユリウス！」

「ああ、おはよう、ジネット」

……まだ開店前でも、つい接客への切り替えをしてしまうのは仕方ない。身に付いたものは、早々変えられないよね。

入ってきたのはこのシャルパンティエ領の領主様、ユリウスだった。名を呼ぶことも許されているし、今更緊張することはないけれど、背も高ければ強面《こわもて》で迫力もすごい見かけなので、最初に見たときは声が出なかったたっけ……。

「朝から精が出るな」

「明日にはきちんとお店を開けたいからねー。最低限の商《あきな》いなら、もちろん今も出来るけど……」

「頼むぞ。ジネットの店が開店すれば、冒険者達もここに居着《いつ》きやすくなるからな」

「うん、もちろん」

それにしても……。

「ユリウスも朝早くから随分と汗を掻《か》いてるけど、どうしたの？」

「鍛錬《たんれん》のすぐ後だからな。今更冒険に出るようなことはないが、朝の一振りをせねばどうも調子が出んのだ」

ユリウスは万事この調子で、冒険に出たり依頼を受けたりしない冒険者としか、表現のしようがない。……領主様のお仕事も真面目にやってくれるから、別にいいけどね。

「そうだジネット、今日は西の森を少し歩いてくるからな、留守を頼むぞ」

「ただのお散歩……じゃなさそうね？」

「正確な地図とまでは行《ゆ》かずとも、ある程度領内の地理は把握《はあく》しておきたいのだ。巡察官《じゅんさつかん》からも提出を求められているが、ほぼ手つかずでな」

手続きやら根回しやらであちこち飛び回っていたユリウスも、ようやく領地に落ち着けるようになったからね。……相変わらずの宿住まいだけど。

「無論、ここは俺の領地だ。自分の足元ぐらいは、自分の目で確かめておきたいという気持ちもある。……文句は帰ってきてからにするさ」

「うん。……いってらっしゃい」

「うむ、いってくる」

手伝ってくれれば嬉しいけど、ユリウスはユリウスで自分のお仕事があるからね。……って、領主様を引っ越しの荷物運びに使おうとか、甘えが過ぎるよ、わたし。

さあて、ユリウスの顔も見られたし、気持ちを切り替えて頑張ろう！

昨日のうちに荷ほどきだけはなんとか終えて、シャルパンティエにたった一つの雑貨屋さん——『地竜の瞳』商会シャルパンティエ本店は無事、本格的な開業にこぎ着けた。

お店の名前だけは、アルールの実家を出る前から温めていたんだよね。……こんなに何ヶ月も温めっ放しになるとは思わなかったけど。

でも、これだぞと言われた建物は思ったよりも上等で、ちょっと気が引けていたりもする。

田舎ということを差し引いても、大きな店舗付き住宅は二階建てながら中身は実家より広かったし、村の広場に面していて領主の館のすぐ隣と、シャルパンティエではこれ以上のない最高の立地だ。

但《ただ》し、ギルド員や領主様まで入れても今は人口十人と少しの集落、逗留中《とうりゅうちゅう》の冒険者まで含めてもその倍程度では、どこまでよい立地なのかはわたしにも判別がつかなかった。

一階は作りつけのカウンターと実家の倍はある広い店表《みせおもて》、その奥の倉庫、ついでに小さな台所と階段で占められている。

二階は四つの小部屋に分かれていて、二つはわたしの私室兼用の寝室と帳簿《ちょうぼ》入れや金庫のある仕事場に、使うあてのない空き部屋はそのままにしていた。短い廊下の突き当たりには梯子《はしご》が備えられていて、部屋の真ん中に邪魔な柱があるものの、屋根裏部屋がおまけされているのも嬉しい。

更には柵《さく》付きの裏庭まであって、小さい畑にも花壇にも出来るから、色々と楽しめそうだった。

ほんと、至《いた》れり尽《つ》くせりだわ……。

「ふぁあぅ……」

相変わらず眠気と疲れは取れないけれど、開店初日ぐらいは頑張りたい。

わたしは大きく伸びをしてから扉に『営業中』の札をぶら下げ、手桶《ておけ》を持って外に出た。

うん、共同の井戸は広場の真ん中、水汲みの最中にお客さんが来てもすぐわかるのはいいね。

「おはよう、ジネット」

「おはようございます、ディートリンデさん」

シャルパンティエギルドのマスター、ディートリンデさんは、まだ早朝だというのにいつもの凛《りん》としたお姿で、ちょっと目が覚めた。

わたしは……着替えて髪は梳《と》かしたけれど、顔を洗ってお店の準備をするのはこれからなので、見逃して欲しい。

「お店の方は大丈夫？」

「はい、しばらくは様子を見ながらになりますけど……ふふ、最初なんて敷物一枚に品物並べて売るつもりでいましたから、それに比べたら特上です。カウンターもあって倉庫も実家の倍以上で、その上雨が降っても平気ですもん！」

「そうね、その意気だわ。ジネットを見習って、私も頑張らないとね」

ちょっとした会話が嬉しくて、楽しい。

わたしもシャルパンティエに住む村人だよ、って確認して回ってるわけじゃないけれど、引っ越し三日目じゃ、まだまだ端々《はしばし》で目にする新鮮さの方に引きずられてしまうよね。

水の入った手桶を魔法で運んでいくディートリンデさんを見送り、わたしは手で桶をぶらさげてえっちらおっちら。……時間があったら、魔法、習おうかな。ギルドの講習って、お幾らぐらいだっけ？

なんてことを考えながら身体を動かし開店の準備を整えていると、自然に目も覚めてくる。

お店を開けてすぐのこと、拭《ふ》き掃除をしていたわたしの耳に、からんと作りつけの戸鐘の音が聞こえた。

祝いの花束も賑《にぎ》やかしの飾り付けも、何もないけれど。

開店初日、初めてのお客さんは、『魔晶石のかけら』亭で昨夜見かけた冒険者だった。

「おう、開いてる開いてる」

「いらっしゃいませ、『水鳥《みずどり》の尾羽根《おばね》』さん！」

「昨夜はどうもー」

彼ら『水鳥の尾羽根』は、前衛《ぜんえい》が剣持ちの戦士と槍《やり》持ちの戦士に後衛《こうえい》が魔法使いと神官《しんかん》という、一番ありがちで一番安定した組み合わせのパーティーだ。男性三人に女性一人という四人組で、若いながらも全員がそこそこの荒事《あらごと》を任せてもいいとギルドが認めた証である赤銅《しゃくどう》のタグを持っている。こちらに来て数日、手持ちの携行食《けいこうしょく》や消耗品《しょうもうひん》が無くなったら、ヴェルニエまで戻るか日帰りにするか相談していたところに、わたしが到着したらしい。

おかげで朝一番からお客さんを迎え入れることが出来た。……ふふ、昨日の夜、『魔晶石のかけら』亭でわたしから声を掛けたんだけどねー。

「とりあえず、何があるかな？」

「本日開店ですが、食料品に消耗品、予備の着替えに旅道具、冒険雑貨なら上から下までひと揃《そろ》い持ち込んであります！」

もちろん、お店の準備も整っている。

棚《たな》にはランプや背負《せお》い袋の大中小を並べ、掛け具には革《かわ》のマントを吊《つ》っていた。カウンター背後の薬品庫にも、よく売れる傷薬や丸薬《がんやく》の他に、数は少ないながら血止めの香油《こうゆ》や魔力回復薬を用意している。

「堅焼きパンはある？」

「はい、もちろん！」

「うん、それじゃあパンは四人の五日分」

「ありがとうございます！」

「それから――」

シャルパンティエの迷宮は、実家アルールにあった王都近郊のダンジョンよりも一層《いっそう》が広いと聞いていた。深さは……確認されているのは第二階層《かいそう》だけど降り口まででも丸一日、売れ筋と見て堅焼きパンの在庫は多めにしてある。

わたしの好みで蜂蜜棒《はちみつぼう》を注文する……なんて余裕はなかったけれど、うちのお店は無事にヴェルニエのパン屋さんと配達の契約を結んでいた。

「このお店は近日開店と聞いていたからね」

「それまでは、日帰りでなんとか持たせようとしたわけさ」

「宿で普通のパンを分けて貰うにしても、嵩《かさ》が張るからなあ……」

ちなみに『地竜の瞳』商会行きの荷物は、食料品を山積みした『魔晶石のかけら』亭の馬車便に、手間賃《てまちん》を払って相乗りさせて貰うことで話が付いていた。

毎回毎回、荷馬車一台分の注文なんてうちじゃ無理だからね、マテウスさんとカールさんの親子には大感謝だよ。

堅焼きパンに干しブドウと麻縄《あさなわ》、ついでに血止めの香油——これはユリウスが揃えてくれと言った商品の一つ——も売れたので、〆《しめ》て三グロッシェンと九ペニヒのお買い上げ。この金額は宿代三日分少々になるから、最初の売り上げとしては大きい方かな。

「ありがとうございましたー！　お気をつけてー！」

早速ダンジョンに向かうという『水鳥の尾羽根』さんを見送り、わたしはほっとして肩の力を抜いた。

店番や応対に慣れてないわけじゃないけれど、やっぱり少し、実家とは違う。

緊張感がね、どこかに行ってくれなくて。

そりゃ開店早々にお客さんが来てくれたんだから嬉しいし、やる気も十分なんだけど、何となーくもやもやしたまんま。……一週間もすれば落ち着くかな。

「……うん、頑張ろう」

他のお客さんにも来て欲しいけれど、残り二組のパーティーは数日の予定でダンジョンに潜《もぐ》っているから、今日のところは望み薄だ。

……もしかすると、今潜っている誰かが戻ってくるか、新しい冒険者がやって来るまで、誰もお客さんが来なかったりして。

ちょっとだけ、恐いことを考えてしまったわたしだった。


かららん。


からん。

店番の片手間に台所の準備を終えて一休みしていたお昼前、再び戸鐘が鳴った。

「はい、いらっしゃ……おはよう、ユリウス」

「うむ、おはよう」

お客さんじゃなかったけれど、もちろん笑顔を向けるには十分な相手だ。

「どうだ？　不都合はないか？」

「まだ何とも言えない、かなあ。あ、『水鳥の尾羽根』さんが来てくれたよ！」

「ああ、昨日の連中か。……よかったな」

「うん！」

今日もユリウスは、ギルドで打ち合わせだか何だかをしていたはずだ。もう終わったのかな？

「お茶でも飲む？」

「いや……ああ、貰おうか」

「はあい」

昨日のうちに支度しておいてよかった……。

身体を綺麗《きれい》にしたいだけなら『魔晶石のかけら』亭でお湯を借りてもよかったけれど、やっぱりこれからはここで暮らすんだからと、火元周りだけは先に使えるようにしたんだ。

わたしは奥から椅子《いす》を持ち出してユリウスを座らせると、店番を任せて台所に立った。

鍋掛けが三口あった実家の台所よりは狭いけれど、この新居、なんとオーブンまでついている。炭出し口も、受け皿ごと出せるようになっていた。

「ふっふふん、ふーん……」

鼻歌を歌いながら、炭を掘り起こして手鍋を掛け、お湯を沸かす。

棚から取り出したローゼルの茶壷《ちゃつぼ》を開けて、ティーポットに匙《さじ》五杯の茶葉。二人分でもこの量なのは、ローゼルを使うときのお約束だった。たっぷり入れないと、美味しくならないんだよね。

ちょっと高かったけれど、ヴェルニエを発《た》つ少し前、露天市《ろてんいち》で買ったこのローゼルは西方産で、わたしの飲み慣れたもの。

……宿暮らしが長かったので、実はわたしも久しぶりの一杯なんだよね。

昨日はそんな余裕なかったし。

茶葉もカップもティーポットも並品《なみひん》だけど、自分の物だっていう満足感は十分すぎた。

「お待たせー」

「うむ、手間を掛ける」

「ユリウスのお仕事は？　大丈夫なの？」

「ギルドの方はなんとか終わった。ああそうだ、ジネットには領主代理から筆頭家臣《ひっとうかしん》になって貰いたいのだが……」

「……あのね、わたし、今度こそお店があるんだけど？」

もちろんとユリウスは頷いて、カップを傾けた。

分かってるんだか分かってないんだか、簡単に言ってくれちゃって。

ここはユリウスから借りている建物だし、お金だって借りているし……領主様のお仕事に手を取られて、こっちが疎《おろそ》かになるのは困るんだけどなあ。

「まあ、これと言って仕事が増えるわけではない。明日からは、行商鑑札《ぎょうしょうかんさつ》の発行もギルド任せに出来る。ついでに狩猟免状《しゅりょうめんじょう》の手続き代行も委任してきた」

「……今すぐ誰かが越してくることもないだろうし、わたしは今まで通り、ってこと？」

「そうだ。これまでと同じく、俺の代わりに手紙や荷物を受け取ったり、客人への応対をしてくれるだけでいい」

「それもギルドにお願いする方がいいんじゃないの？」

「俺もそう思ったんだがな……」

「えーっと？」

「……あまりにギルドべったりの領主というのも、まずいらしい」

だから頼むと頭を下げたユリウスに、わたしはまあしょうがないかと頷いた。

領主と商人という立場の違いにこだわることにはもう殆ど意味がないし、ユリウスが困っているなら力になろうという気持ちも大きい。

それに、ユリウスから渡されるお給金《きゅうきん》の意味——冒険者が街まで降りず買い物が出来るようお店を維持する為のお金であり、同時にわたしがここで暮らしていくのに困らない為のお金——に気付いてしまったからには、断れるわけがなかった。

「では、留守は頼んだぞ、『我が臣《しん》』ジネット。……夕暮れには戻る」

「いってらっしゃいませ、『我が領主様』。……気を付けてねー」

ふふ、格好つけちゃって。

ユリウスはローゼルのお茶を飲み干すと、足を伸ばしたことのない南の峰《みね》を見に行くついでに狩りでもしてくるって、そのまま森に入っていった。ちなみにユリウスの愛馬メテオール号も、わたしと同じくお留守番らしい。

「さて……」

わたしにはもちろん昨日の続き、倉庫内の商品をあてでもないこうでもないと動かすお仕事が待っていた。今のうちにやっておかないとね。

この建物、実家の倉庫より棚数も多いし、奥行きもある。広くて品物を取り出しやすいのは嬉しいかな。

でも、わたし自身がまだお店そのものに馴染んでいないせいもあって、今一つおさまりが悪い。

一人住まいっていうのも、落ち着かない理由の一つ……なのかな。

実家はいつも賑やかで、夕方になればお客さんもひっきりなしだったっけと、懐かしく思い出す。

そのうち、自然と慣れるだろうけれど、しばらくはこんな調子かもしれない。

わたしは倉庫内をそれらしく調えてから、台所に向かった。

お湯はなんとか沸かせるけれど、とても料理が出来る状態じゃないのは仕方ない。調味料どころか食材の用意にまで手を回している余裕は……あるわけなかった。一番近いお店は馬車で丸一日のヴェルニエ、気軽に買い物も出来やしない。

これで『魔晶石のかけら』亭がまともに動いていなかったら、夕方も堅焼きパンをかじって済さなきゃならないところだったよ……。


その『魔晶石のかけら』亭、昨日より少し早い時間。

雉《きじ》をぶら下げて戻ってきたユリウスと向かい合っての夕食はいつものことだけど、今日もまた寂しいことに、食堂兼酒場には他のお客さんが誰もいなかった。……ほくほく顔のカールさんによれば、明日はシチューの具が増えるそうだ。ちょっと嬉しい。

「ユリウスって、弓も得意なんだ？」

「得意と言えるほどではないし、左手もこの通りだが、引く力の弱い小弓《こゆみ》なら使えぬことはない。

……師匠が良かったからな」

「ユリウスのお師匠さま？　どんな人？」

「……そのうち、会うこともあるだろう。ふむ、ところで、ジネットの方はどうだったのだ？」

「今日のお客さんは、『水鳥の尾羽根』さんの一組だけだったよ……」

ユーリエさんによれば、今朝出ていった『水鳥の尾羽根』さんの戻りは明々後日《しあさって》、他のパーティーはそれぞれ明日と明後日《あさって》だそう。

おかげでわたしはまだ、彼らの顔を見ていない。

「そうか、まあ一組だけでも客が来てくれてよかったな」

「うん。三組いるって聞いてたから期待はしてたんだけどね。……お留守だったけど」

「それなりに腕があれば、四日、五日と続けて潜った方が稼ぎはいいからな」

……残念なことに、『水鳥の尾羽根』さんお支払いの三グロッシェンと九ペニヒがこの日の売り上げの全てだった。もちろん損はしていないし、実家の商いをあれこれ思い出せば、一パーティーの買い物としては多い方だろう。

それでも、仕入れ値を引いた残りからわたしが納めるべき家賃や税、どうしても必要な生活費までを指折り数えれば、一日の売り上げと見るならとても暮らしていけない金額だった。

「当面はこの調子だろうが、来週こちらに来るラルスホルト以外にも、人を呼び寄せる算段は既《す》にで幾つかつけてある。何もジネットだけの問題ではないからな」

「うん」

「そうだな、元冒険者の俺が言うのも何だが、今は出来ることを着実にこなし、地に足を着け進むのがよいだろう」

「……ほんと、そうよね」

出来ることからこつこつと。

余裕のあるうちに、わたしもわたしのお店も、そして『村』も、お客さんが増えたときの準備を整えないとね……。

幸い、領主代理改め筆頭家臣とやらのお給金も継続してユリウスから貰っているから、わたしも追いつめられるほど焦《あせ》ってはいなかった。

いつかちゃんとお礼を言わないといけないけど、きっかけが難しいかな。

「こんばんは！」

「領主様、失礼いたします」

「そちらも遅くまでご苦労だな」

「いらっしゃいませ、お疲れさまです」

「ユーリエさん、エール頼みます」

「俺もー」

「はい、先にお持ちしますね！」

ディートリンデさんをはじめ、ギルドの皆さんも揃って現れた。

シャルパンティエに逗留する冒険者の数が少ない今こそ、片づけておかなくてはならないお仕事が山積みだそうで、うちとは違って忙しい。

「賑やかになったね」

「うむ。何があるわけではないが……やはり、いいものだな」

カールさん夫婦とギルドの皆さん、そして、わたし。

ユリウスは店内の人々を順番に見回して、笑顔を作った。

第二話「山村の暮らし」

開店一週間、相変わらず客足は芳《かんば》しくなかった。

お買い上げの金額はそこそこ大きいんだけど、寂しいことに二日に一組のお客さんじゃ、全然お仕事にならなくて……。

石工《いしく》さんや大工さんが腕を振るっていた頃はここも賑やかだったそうだけど、今は来年か再来年の新築を予定している領主の館や、新しく来た人が住む家屋《かおく》の材料用に、使い古しの足場や廃砦《はいさい》の解体で余った石材が邪魔にならないようまとめてあり、職人さんは皆新しい仕事場へと移っていったと聞いた。……城壁の下の石積みは、工事中じゃなくて資材置き場だったよ。

「よいしょ……っと」

足下に埋まっていたちょっと大きめの石を掘り起こして、庭の隅《すみ》に積み上げる。

わたしは暇な時間を利用して、裏庭で畑仕事……の真似事《まねごと》に精を出していた。

送って貰ったケアベルは、サラダだけでなくスープや主菜のソースなど何にでも使われる香草《こうそう》で、アルールじゃセルフィーユって名前で呼ばれていたけれど、こちらほどは食卓に上らなかったかなあ。ものすごく美味しい……ってわけじゃないけれど、サラダに散らしてあるとちょっぴりうれしかったりする、そんな香草だった。

『魔晶石のかけら』亭に泊まっていたパーティーが朝の出掛けに忘れ物を買いに来なければ、馬車に乗った新たな冒険者達が来るのは夕方で、基本的にそれ以外のお客さんは来ない。

シャルパンティエギルドは必要な品の手配をヴェルニエギルドに依託《いたく》しているし、『魔晶石のかけら』亭にしても仕入先はわたしと一緒なので、二度手間になってしまう。うちのお店はカールさんの父マテウスさんから、主な仕入先を紹介して貰っているからね。

……良くも悪くも、ユリウスはお客さんかどうかわからなくなってきたけれど、それはともかく。

そんなわけで内向きの仕事をすればいいんだけど、片付け物をしようにも、長い長い宿暮らしの上に元々こちらに来る予定で余計な買い物はなるべくしないようにしていたので、荷物は引っ越しの時にまとめたものをそれらしい位置に動かすだけで終わってしまった。

実は、私物が少なすぎて片付けようがなかったのは内緒だ。

鍋や食器なんかの台所小物は新しく買い込んだから、お手入れ不用でこれまた手間が掛からなかったし、化粧道具は母さんから貰った木櫛《きぐし》と小さな手鏡《てかがみ》、そこに三年も前に買った滅多に使わない紅《べに》と安物の香水が一本加わるきりで、これまた小さな袋に入る。季節物の服は少し増えたけれど、他の小物も似たり寄ったりだ。

もちろん、店先でぼーっとしていても時間の無駄なわけで。

生活の場を調える方が先かなあと、ヴェルニエのマテウスさんに手紙を書いて食材や調味料なんかと一緒に種と小さな円匙《ショベル》を取り寄せて貰い、洗濯と掃除が終わればわたしは裏庭に出て畑を作っている。

この村、ほんとに静かでね、誰かが広場を歩いていれば裏庭にいても聞こえるんだ……。

それはともかく、わたしはもちろん、畑のお世話なんてしたことがない。家で収穫した野菜を使って料理をするというのに憧《あこが》れはあったんだけど、いくらアルールでも王都で庭付きの家を持てる人は限られている。

だから、土地を選ばず世話が殆どいらないので素人《しろうと》にもおすすめだという、ケアベル一種類だけに絞っていた。種と一緒に貰った走り書きには、『水はやりすぎないこと、肥料はいらないが雑草は時々抜いてやれ』とだけ書かれている。うん、わかりやすくていいや。

これで上手くいくようなら他の野菜も試してみたいけれど、山手《やまて》のシャルパンティエだとヴェルニエよりも気温が低く、冬場も雪深いからちょっと難しいらしい……。

今の季節――夏は過ごしやすいんだけどねー。

「明日には出来るかなー」

農家のおじさん達ならそれこそ丸一日もあれば裏庭全部を畑に変えちゃうところを、わたしは一週間かけて目標にした端っこの一列分……の八割ほどをちまちまと掘り返したあたりだ。

小さな円匙は使いにくいし、雑草の根はしっかり張ってるし石は多いし。……あーあ。

とりあえず、疲れて飽きる前に裏庭の端に届かせたいと思う。

はあーっと息を吐くて汗を拭《ぬぐ》っていると、広場を誰かが横切っている足音がした。これは……ウルスラちゃんかな？　少し軽めで、一本調子『じゃない』靴音と一緒に、数枚の紙がすれる音まで聞こえてくる。

風が強くない日は、そのぐらいにはわかってしまうのだ。

しばらくして、かららんと戸鐘の音が耳に届く。

「ジネットさん、いらっしゃいますかー？」

「はーい！」

うん、やっぱりウルスラちゃんだ。……って、うちに用事だったのね。

小さめの円匙と掘り起こした石を裏庭の端に寄せ、前掛けで手を拭きながら表に回る。

「お待たせー、ウルスラちゃん」

「こんにちは、ジネットさん」

ウルスラちゃんは、シャルパンティエギルドの受付と事務を任されている。

わたしと同じ金の髪には緩《ゆる》い巻きがかかっていて、可愛らしい感じの容姿だ。歳はわたしの妹アレットとブリューエットの丁度真ん中、十五歳。今年ギルドに入ったばかりの新人さんで、依頼がほとんどないこのシャルパンティエギルドで、じっくりと仕事に慣れるのが今の『お仕事』らしい。

その彼女は手に書類を持っていて、なんだかもじもじとしていた。

「あの、これなんですけど……」

「書類？　ユリウス宛《あて》かしら？」

「いえ、違います」

ちなみに今日もユリウスは留守で、メテオール号に乗って領境《りょうきょう》の湖まで出掛けている。

地元ヴェルニエの人からは『南の湖』と呼ばれているこの湖、シャルパンティエ領になる前から誰も漁師がいなかったのを考えればすぐわかったんだけど、やっぱり魔物が棲《す》んでいた。湖にいるのは毒の蛙と飛ばない水鳥《みずどり》の魔物で、一匹一匹は極端に強くないとユリウスは口にしている。

但し、ぐるっと一周回れば健脚《けんきゃく》のメテオール号でも一日仕事になるほど、湖は結構な広さを誇っていたから、いくらユリウスでも一人で討伐《とうばつ》をするのは無理だった。けれど将来に備え、魔物がどのぐらい棲んでいて、依頼するにしてもどのぐらいの人数が必要なのかを調べて回っているんだって。

またお金が掛かりそうだとぼやいていたけれど、湖で漁が出来るようになれば開村《かいそん》……はちょっと先でも、未来への見通しは良くなる。

ともかく魔物達は陸には上がってこないから、あまりに割が合わないようなら当分は無視するって言ってた。

……って、それは横に置いて、今はウルスラちゃんの用事が先だね。

「これ、あの、ジネットさん宛の、依頼完遂《かんすい》の証明書なんです。ヴェルニエのギルドに届いた後、向こうの書類に混じっちゃってたみたいで……。お届けが遅れてごめんなさいっ！」

「ああ、配達依頼の分ね。わざわざありがとう」

とても心配そうな様子のウルスラちゃんに、小さく笑って頷く。

ヴェルニエの『パイプと蜜酒』亭から引っ越す少し前、わたしは実家に手紙を送っていた。ウルスラちゃんが持ってきたのはその返事……ではなくて、手紙を無事に届けましたという書類だ。王都グランヴィルとその周辺の大都市にはギルドが郵便専用の早馬《はやうま》を走らせているから、旅人が乗り合い馬車で移動するよりも日数がかからない。証明書には久しぶりに見るアレットのサインがあって、それだけでも懐かしくて嬉しいお知らせにもなっていた。

急ぎのものじゃないし、彼女に責任があるとまでは言えないから、ここは釘刺《くぎさ》し一つで許しておこうかな。恐縮している様子だし、今後に期待しましょうか。

「あの、それから、聖神降誕祭《せいしんこうたんさい》の事なんですが、今、お時間いいですか？」

「そうね、そっちのお話もしておかなくちゃね」

もうそんな季節だったなあと、実家の事を懐かしく思い出す。

聖神降誕祭は夏に行われる大きな祝祭《しゅくさい》で、アルールだとどこから湧いたんだってぐらい街中のそこかしこに屋台が軒《のき》を並べるし、酔っぱらいも多いけど注意する方だってそれなり以上に酔ってたりするという、何もかもが無茶苦茶な、それでいてとても楽しいお祭りの日だ。

うちの実家もこの日ばかりはお休みで、家族揃ってあちこちを見て回ったっけ……。

まずは近くの教会で感謝の祈りを捧《ささ》げ、次に王城の前、騎士様の卵や侍従《じじゅう》見習いがワインやジュースを注いでくれる振る舞い屋台で乾杯してから、ラマディエの街をぐるっと一周する。

港で満艦飾《まんかんしょく》の『アミラル・ラ・ラメー』号に歓声を上げ、浜焼きの屋台で焼きたての魚介をつまみ、『切り込み』ユルバンの庭——公園で『一の勇者』が手にしていたという聖剣の形をした祭り菓子を口にしながら大道芸に見入り、あるいは、工房街に行けば大きなからくり人形の寸劇《すんげき》が出迎えてくれた。

それらを思う存分楽しんでから、夕方前、人の流れに混じって大聖堂へと向かう。普段は近寄りがたいほど厳《おごそ》かな場所だけど、この日ばかりは大勢の人々で賑わった。

司教《しきょう》様の退屈ながらもありがたい説話《せつわ》やお祭りの由来話《ゆらいばなし》も……聞こうと思えば聞けるけど、大聖堂の前庭ではこの日、聖神がこの世にお姿を現されて魔王をやっつけるまでを描いた『聖神伝《せいしんでん》承《しょう》』と呼ばれる劇が演じられる。ほとんどの人は、こちらが目当てだ。

これが聖神降誕祭一番のお楽しみで、もう……役者さんがね、凄《すご》いのなんのって！

聖神役は大抵《たいてい》若手の見栄《みば》えがいい聖堂騎士から選ばれていたし、魔王役は聖堂騎士団でも特に腕の立つ人が引き受ける。その二人が野外に作られた舞台の上、魔法の光で照らされながら半《なか》ば本気で剣を振るうもんだから、迫力も段違いだった。

劇の合間には、街の子供達から募《つの》った合唱隊がお揃いの白い衣装で歌ったり、司祭さん達がこの日の為に用意した音と光が渦巻く幻影の魔法が飛び交ったりするので、そちらも人気かな。


でも、流石《さすが》にシャルパンティエじゃそんなわけにはいかない。

人の数も少ないし、教会がないのでお祭りを仕切ってくれる司祭様もいなかった。

おかげで今年の――シャルパンティエで初めてのお祭りは、ギルド側の担当者を押しつけられたウルスラちゃんと、筆頭にして唯一の家臣であるわたしに丸投げされている。

「領主様は、何か仰《おっしゃ》られてましたか?」

「それがね、元から大がかりな仕掛けは無理だし、祭り菓子とお酒の用意があればいいだろう、後は任せる……だって。わたしはアルールの出身だからね、こっちじゃかなりお祭りの様子が違うって聞いたから、ウルスラちゃんが頼りだよ」

「えっ!?」

もちろん、わたしはこちらヴィルトールの聖神降誕祭の様子を知らなかった。

ユリウスから聞いた話では、ヴィルトールの聖神降誕祭はアルールに較べると、ちょっと地味らしい。教会でお祈りする代わりに神官さんが各家々を巡るし、祭り菓子も随分と違うそうだ。

「えっと、わたしは生まれも育ちもヴェルニエのすぐ近くですけれど、ヴェルニエのお祭りってよく知らないんです。うちの村じゃ、昼間はお祭りの準備をしながら家にいて、司祭様がいらしたら祝福を授《さず》けて貰って……あとは、夜になったら広場に篝火《かがりび》をいっぱい焚いて、村中のみんなで大きな輪を幾つも作って踊ってました」

「へえ……。楽しそうだね」

「ええ、楽しかったですよー。夜更《よふ》かししても怒られないし、お菓子も食べ放題ですもん！　あ、でも、隣村じゃ全然違って、広場に机と椅子を出して朝から晩まで宴会するって聞きました」

……あれ!?

聖神降誕祭って、もしかして、国どころか地域でも全然違ったりするんだ……？


二人でああでもないこうでもないと悩んだけど、今年は中止、なんてことになるはずもなく、当日はすぐにやってきた。

「今日のこの良き日、聖なる神、現世《うつしよ》に生まれ来た日、この者が父祖《ふそ》より受け継ぎし命、また、紡《つむ》ぎゆく命を言祝《ことほ》ぎ——」

正式な司祭様は、そうでなくてもこの忙しい聖神降誕祭の当日に呼べるわけがなかった。わたしは急遽《きゅうきょ》白い布を取り寄せて祝祭用の上掛《うわが》け……っぽく見えるものを慌てて仕上げ、今日が『たまま』休憩日だった冒険者の中から、神官の資格がある聖杖《せいじょう》持ちの人に言祝ぎを頼んで解決している。

ふっふっふ、しばらく前から、降誕祭の日は領主様から振る舞い酒がたっぷり！　……っていつも口にしてたからね。

もちろん、今日に合わせて休憩の日をずらしたパーティーはとても多かったし、誰も口には出さないけれど、みんな分かっててわたしの茶番に付き合ってくれているはず。……ううん、どちらかというと、お酒の方に釣られたかな？

子供が一人もいないシャルパンティエだから、とりあえずお酒飲ましておけばいいだろうってことになったんだけどね。……っていうか、した。カールさんとユーリエさんに子供が産まれたら、またその時に考えようと思う。

「——おお、この者に幸《さち》多かれ！　聖神のご加護《かご》を！」

祝福を授けられる冒険者達は、真面目な態度で胸に両手を当て、頭を下げていく。

割とみんな信心深いし、そうでなくても縁起を担《かつ》ぐ人が多いからねー。

例えば、護衛《ごえい》であれば道中は嵐に見舞われたくないとか、ダンジョンなら帰り道が崩落《ほうらく》で埋まっていませんようにとか、自分の力じゃ絶対に解決しない災難はもう聖神にお祈りするしかない。それが往々《おうおう》にして命の危険や冒険の成否《せいひ》に関わるとなれば、なおさらだった。

わたしだって、来てくれるお客さんを大事にしたり、相談に乗って良い商品をおすすめすることは出来ても、そのお客さんの無事はお祈りするのが精一杯だ。冒険の現場で手助けすることは無理だし、やっぱり……何かあると教会でお祈りしてた。このヴィルトール東方辺境へ来てからはいろんなことがありすぎて、お祈りどころか悩む暇もなかったけど！

「ユーリエさん、エールもう一杯！」

「はい、ただいま！」

「あ、わたしが行きます！」

今日はわたしとウルスラちゃんが、『魔晶石のかけら』亭の給仕《きゅうじ》を引き受けていた。

流石にユーリエさんだけじゃ表が回らないし、カールさんは厨房《ちゅうぼう》でてんてこ舞いになっていて、いつもの倍以上忙しい。……お祭りを見越して冷菜《れいさい》や煮物をたっぷりと作り置きしたはずが、冒険者の食欲はそれを上回り、あっと言う間になくなっちゃったよ。

「お待たせしました！」

「はいよきたきた！　もういっちょいくぞ！」

うん、楽しいだろうなあ。

……ただ酒だし。

「さあさ、さあささあ、皆の衆！」

「酒はあるや？　肴《さかな》はあるや？」

「聖神の降誕と！」

「領主様の健康と！」

「旨《うめ》えエールと！」

「故郷と違うへんてこりんな形の祭り菓子と！」

「俺達のこれからと！」

「みんなまとめて！」

「乾杯だ！」

「乾杯!!」

がっつんがっつんと、小さな樽のような形のエールジョッキを打ち合わせる音が、酒場中に響き渡る。

この日の為に、ユリウスからは『領主の慈心《じしん》』として、ヴェルニエから取り寄せたエール樽が三つも聖神に献《けん》じられていた。

まだシャルパンティエには教会がないから、届いた樽の前で聖印《せいいん》を切っただけだけどねー。

「ウルスラちゃん、祭り菓子がまだの人は?」

「もう大丈夫のはずです。酔っぱらって味が分からなくなるともったいないから、お酒飲む前に味わうようにって、口々に言い合ってましたよ」

祭り菓子の方はユーリエさんを中心に、わたしとウルスラちゃんもお手伝いした。久しぶりに本腰入れて台所に立ったよ。

もちろんこちらも、ユリウスがお金を出してくれている。

『人数もそう多くないし、たまには贅沢もいいだろう。どうせなら、砂糖のたっぷりと入った菓子を食べたいとは思わないか?』

とか言い出したのでびっくりだよ。

ユリウスは普段から甘い物が好きってわけでも……あ、辛《から》いのも甘いのも両方好きだったっけ。

ヴェルニエにいた頃、蜂蜜塗ったパンを美味しそうに食べてるのは見かけた覚えがある。

でも、お砂糖はとても高い。

ユリウスにはいいのねと二度も念押ししてからヴェルニエに注文を出したけど、数日して卵と一緒に届いた木箱入りの大きく重い茶色の塊《かたまり》と、さらさらとした白い粉の入った小瓶は、ものすごく輝いて見えた。

生地に練り込む茶色の方は細かく砕《くだ》くのが大変だったけど、そんなのは全然苦労の内に入らない！　……届いたその日、ユーリエさん、ウルスラちゃんと三人で、無言になってじっと顔を見合わせてからこっそりと味見したお砂糖の甘さは、たぶん一生忘れないと思う。

でも、去年は王都グランヴィルのキルシュトルテ、今年は祭り菓子と、毎年本物の砂糖菓子が食べられるなんてね。幸せすぎて、色々考えそうになってしまうよ。

お菓子の形は色々と話し合った結果、東方辺境の祭り菓子だと一番普通な聖槍《せいそう》をかたどった焼き菓子になった。なんでも、聖神に従って魔物と戦った勇者のうちの一人、『六の勇者』がこちらの出身で、賜《たまわ》った聖槍で魔物三匹を一突きでやっつけたお話があるんだって。

アルールだと同じ勇者でも聖剣を賜った『一の勇者』が人気だったけれど、出身地までは伝わっていない。今じゃ人が住んでいるのかもわからないずっと東の遠くから来た勇者もいるし、四千年も前のお話なら誰も覚えていないんだろう。伝説も語り手によって全然違うからねー。

「げ、もう時間か。交代行って来るぜ」

「おう、行って来い行って来い！」

「お前の飲み分は、一滴残さず飲んでおいてやるからな！」

「抜かせ、この下戸《げこ》が！」

ギルドは流石に無人にするわけにはいかず、誰かが交代で番に当たっている。

ディートリンデさんにはさっき、祭り菓子を余計に差し入れしておいた。

「ジネット、お前達もそろそろ休めよ」

「うん、ありがと。ちょくちょくつまみ食いしてるし、大丈夫だよ」

何杯目か分からない空《から》のジョッキを手にしたユリウスに、おかわりを用意する。ふふ、一番飲んでるのは、エール樽の提供主だったりして。

「ね、ユリウス」

「うむ？」

「乾杯、しよ」

わたしも自分のジョッキをよいしょと持ち上げた。エールのジョッキは蓋《ふた》も付いてるし、樽を模《も》してあるから厚みもあって、結構重いんだよね。

「そうだな。では、粉砂糖たっぷりの聖なる槍に」

「そのお砂糖を用意してくれた、心優しい領主様に」

「……乾杯」

「ふふっ、乾杯！」

杯を掲《かか》げるユリウスの向こう、冒険者達と楽しそうに腕を組んで踊るウルスラちゃんの姿が見えたけれど……。

彼に対してそれを口にする勇気は、まだなかった。


そんなこんなで、のんびりだったり忙しかったりと、シャルパンティエでの初めての夏は目まぐるしく過ぎていく。

「静かだから、馬車の音が遠くから響くよね」

「そのうち、誰かが来てもわからなくなるだろうさ」

「そうね。早めにそうなってくれたら、嬉しいわ」

「うむ」

ケアベルの種蒔《たねま》きを終えた頃になって、待望のラルスホルトくんが到着した。わたしの引っ越しと違うのは、ルーヘンさんの荷馬車で荷物と一緒に来たことぐらいかな。

「あ、見えたよ」

「ほう、流石に二頭立てか」

「荷物、多いのかしら？　その割に荷台の掛布《かけぬの》はぺったんこだけど……」

「炭はそれほどでも無かろうが、鍛冶《かじ》道具や鉄塊《てっかい》は大概重いぞ」

「あ、そうだったわね」

うちは雑貨屋で、嵩張《かさば》るけれど軽い荷物の方が多い。

でも鍛冶屋さんの仕入れる材料は、鉄と炭が大半を占める。……荷の手配をする時、少し示し合わせた方がいいかもしれないなあ。

「はいや、はいや！　もう少しだ！」

「あれですか？　結構大きな城跡《しろあと》ですね」

「おうよ！　俺も最初はおっかなびっくりだったが、でっけえだろ！」

……なんて声が風に乗って微《かす》かに聞こえてきたので、ユリウスと顔を見合わせてくすりと笑う。

馬車道《ばしゃみち》は森と斜面を挟んで大回りするけど、広場や廃砦——領主の館の真下に道があって、一度村に近いところを通るからね。

しばらくして、今度こそ馬車が広場に現れた。

「到着ですぜ！　……っと、領主様、毎度お世話んなりやす！」

「おう、待ちかねたぞ！」

ユリウスはルーヘンさんに一つ頷いて到着を労《ねぎら》うと、同乗のラルスホルトくんに向け、にやっと笑って一つの建物を指さした。もちろんラルスホルトくんは、馬車の上からきらきらした目で自分の工房になる予定の建物を見つめ、動かなくなった。

……わたしも同じ様な顔、してたんだろうなあ。

はっと我に返ったあと、わたし達を見つけて照れくさそうなラルスホルトくんに手を振る。うんうん、その気持ちは分かるよー。

「遅くなってごめんなさい」

「いや、連絡は貰っていたからな、それは構わぬが……。ともかく無事の到着、歓迎するぞ」

ラルスホルトくんからは、十日ほど到着が遅れると手紙が届いていた。

あの大きなレナートゥス工房に鍛冶場《かじば》が戦場になるほどの大仕事が入ったので、向こうを出る前にそれを手伝っていたらしい。……でも四本も煙突があった工房が忙しくなるって、どれだけ大きな注文だったんだろうね。はあ、羨《うらや》ましいお話だよ。

「さ、大荷物を運んでしまいましょうや。日が暮れちまいます」

「あ、ごめんなさい」

「俺も手伝おう。……最近はこの左手も、徐々に力が入るようになってきているからな。ルーヘン、掛布を外してくれ」

「へい、領主様」

「ありがとうございます！」

「ラルスホルトくん、わたしもお引っ越し手伝うよ！」

「ユリウス様、お二方《ふたかた》も助かります。……ジネットさんはお店の方、いいんですか？」

「うん。今日はお客さんになる人がいないからね」

「はい？」

「ラルスホルトくんもすぐに慣れると思うよー」

今シャルパンティエにいる冒険者は二組だけど、両方とも帰りは明日以降の予定。

ついでにこの時間になっても雇《やと》われ馬車が来ないならその日は誰も来ないし、もう一つついでに、皆ヴェルニエで必要な買い物を済ませてくるから、到着初日、うちのお店に出番はない。地方の拠点はこの新村と違ってお店の数も品揃えも段違いで、もちろん、値段も安かった。

消耗品の買い足しは期待できるけどねー。

ちなみに買い取りのお客さんは、未《いま》だになし。『質屋の見台《けんだい》』はいつも懐に入れてあるけれど、そもそも魔晶石はギルドで鑑定されて全部引き取られる約束になっているし、それ以外の収穫は、重さの割に買い取り値が低い小動物の毛皮や肉、幾種類かの鉱石ぐらいしか見あたらない。

そりゃあ、稼ぎ場から重い思いをして持って帰っても銅貨数枚にもなれば上等な肉や毛皮と、指先に乗せられるほど小粒でも、銀貨でお値段を数える魔晶石とを較べたらどうかって聞かれれば、わたしも間違いなく魔晶石を選ぶ。

「よし、こいつから行こう」

「お願いします。……【魔力よ集《つど》え、浮力と為《な》せ】。行けます！」

「おう！」

「はいよ！」

荷物は小分けされていて、一人で運べそうにないくらい重いのは立派な鉄ぐらい。とんかんと鎚《つち》を振るう時に使う鉄の台は、魔法で補っていても、流石に男の人三人がかりじゃないとね。落としたら痛いだけじゃ済まないし。

わたしは自分で選ぼうとしたら、ユリウスに小振りの旅行李《たびごうり》を渡された。

「……よいしょ」

もうちょっとぐらい重くても平気だけど、ここは甘えておこう。

ちなみにラルスホルトくんの荷物の半分は袋詰めにされた炭や刻印付きの鉄塊で、残りの半分も殆どは鍛冶の道具だった。ベルトホルトお爺ちゃんのところで見たことのある道具もいくつかあって、ちょっと懐かしかったかな。

ともかく今日また、シャルパンティエの住人が一人増えたわけで。

これからは少しだけ、この集落も賑やかになるかもしれない。

第三話「筆頭家臣のお仕事」

ラルスホルトくんの鍛冶屋『ラルスホルト鍛冶工房』が開業してしばらく、季節は秋に移り変わりはじめていた。

はじめて体験した山の夏は、アルールに比べてとても短かったよ。

「ふあぁ……」

残暑がほんの少しだけ涼しくなった気がしはじめた日の朝、小さな槌音《つちおと》が時々聞こえるようになった広場を横切って、わたしは久々に自分からギルドを訪ねていた。

領地関連の書類はユリウスがお出かけ中ならウルスラちゃんが届けてくれるし、夜は『魔晶石のかけら』亭で食べるからあまり足を向けない。……朝は一人で食べてるけれど、やっぱり少し寂しかった。

「やっほー、ウルスラちゃん。こんにちはー」

「いらっしゃいませ、ジネットさん」

ギルドの受付には、ウルスラちゃんしかいなかった。

裏手にある訓練場の方から音が聞こえるから、アルノルトさん達は鍛錬中かな？

「ウルスラちゃん、ディートリンデさんは今、大丈夫かな？　忙しいようなら出直すけど……」

「マスター・ディートリンデに伺ってきますね」

今日のわたしのお仕事は、ディートリンデさんと税金のお話をすることだ。

……ギルドが代行で徴収した税金と書類を預かるのは結局わたしなんだけど、ここでお店を構えているからにはわたしも税金を納めないといけないわけで、何だかややこしい上に面倒だった。

「おまたせ、ジネット」

「こんにちはー」

「さ、奥に入って」

「お邪魔しまーす」

頭のてっぺんからつま先まで、本日も変わらずお綺麗なディートリンデさん。同じ女として憧れる。

「ウルスラ、お茶をお願いできるかしら？」

「はい！」

「あ、大丈夫ですよ。出掛《でが》けに朝を食べたところなので……」

「これも練習の一つなのよ。よかったら、ウルスラの為に付き合ってあげて」

「じゃあ、お言葉に甘えて。ウルスラちゃん、よろしくね」

「はいっ！」

扉を開けた先のテーブルには、ギルドが納める税の基礎になる資料が広げられていた。

もちろん、普通ならわたしに見せるべき物じゃない。

では何故と言えば、シャルパンティエの今後を占う大事な話が始まるからだ。

……ユリウス抜きで。

「一応、ヴェルニエのそれに合わせてあるわ。依頼は領主様からのご依頼だけだから、それは除外ね」

「はい」

前にもお邪魔したけれど、ディートリンデさんの執務室《しつむしつ》は現在シャルパンティエ領で一番立派なお部屋だった。一枚板のテーブルにソファ、なんとシャルパンティエで唯一、南方産の綺麗な花瓶《かびん》や地図が織り込まれたタペストリーまである。……領主の館はまだ影も形もないし、『魔晶石のか

けら』亭は冒険者向けの宿だから、ユリウスの住んでいる一番上等の個室でもソファはなかった。

「私もこれは練習中になるのかしらね。領主様からの正式なご依頼だから、もちろんお仕事でもあるけれど」

「わたしは実家でやらされてましたけど、アルールとヴィルトールじゃ少し型式が違うので、ちょっと戸惑《とまど》いました」

わたしももちろん、少ない売り上げから仮の計算を済ませて、昨日時点での納税額《のうぜいがく》を記した書類を持参していた。


徴収金額の算出方法はほぼ一緒なんだけど、国が違えば税制も異なるわけで。

一番違うのは、アルールでは人頭税《じんとうぜい》が安くて生業《なりわい》に関わる税が高く、ヴィルトールではその逆になっていることだった。ユリウスから借りた税制の資料本にも、領主の指南書《しなんしょ》にも、同じように書かれていたから間違いない。

もちろん王領なら代官が、地方領なら領主が土地土地の税制度を定めるので、場所によっては逆転している領地もあるそうだ。

ユリウスに、じゃあシャルパンティエはどうするのかって聞いたら、数年は低い額にして人を集め、その先はまた後で考えるらしい。……冒険者からは依頼や入宮料《にゅうきゅうりょう》を通してギルドから規定の額が納められるし、十人二十人じゃどちらにしても大した額にはならないもんね。

ちなみにディートリンデさんがユリウスから依頼されていたのは、近隣の地方領で施行されている税制の資料を集めてまとめ、わたしと相談してシャルパンティエの税制度の雛形《ひながた》を作ることだった。それを元にして、ユリウスなりの修正を加えるという。

そう、ユリウスは領内税制の大枠を定めるという大事なお仕事を、わたし達に丸投げしたのだ。

わざわざ依頼という型式をとってあるのに加えて期限は今年いっぱいとしてあって、ディートリンデさんも十分に時間を取って資料集めが出来た。わたしはお給金を貰っている家臣なので、領主様のご命令には逆らえない。朝はどちらにしても時間があるからいいけどね。

当分はどんな内容に決まったとしてもごく小さな金額だし、お金はギルドがそのまま預かってくれる話になっているんだけど、ユリウスはそのあたりまで全部わたしとディートリンデさんに丸投げしている。

二人で不正したらわかんなくなるわよーってからかったら、お前と『銀の炎《ほのお》』なら大丈夫って返された。もちろんやらないけど、その自信は何処からきてるんだか……。


それにしても、ディートリンデさんって、すごい。

資料集めもそうだけど、領地のお仕事の手ほどきだって、わたしはして貰っている。……わたしより筆頭家臣に向いているんじゃないかって思うけど、ディートリンデさん曰《いわ》く、わたしじゃないと駄目らしい。

『やれと言われれば、ギルドマスターのお仕事と両立させてみせるわよ。でもシャルパンティエの筆頭家臣はジネット、あなたじゃないと、シャルパンティエらしい居心地の良さがなくなってしまうわ。私はどうしても冒険者の立場で物事を見過ぎるし、冒険者のこともそうでない人のことも両方よく知っていて、商売柄、計数《けいすう》にも強くて書類仕事にも慣れているあなたは本当に適任なの。……最初は私よりも年下の女の子で驚いたけれど、領主様は本当に人をよく見ていらっしゃるって、後から別の意味で驚いたぐらいよ』

褒《ほ》められるのは嬉しいけれど、お仕事の半分は手紙や荷物の受け取りで、やっぱり他の人でも大丈夫と思ってしまう自分もいて、少し考え込んだりもする。

もちろん、お店以外に手を取られるのは面倒だし、忙しいのも間違いない。

でも、ユリウスと一緒にお仕事をするのは、嫌じゃなかった。

「それでジネット、領主様は出掛けに何か仰っていた？　打ち合わせの時は、平均的な物を参考に不公平がないようまとめてほしいと口にされていたけれど……」

ちなみに本日、ユリウスは早い時間にシャルパンティエを出発して、ヴェルニエへと降りていった。いつぞやわたしが応対を押しつけられた辺境《へんきょう》巡察官のステンデル卿《きょう》が、またユリウスを訪ねてきたそうだ。

「わけのわからない税は取り入れるな、とは言ってました。人集めの邪魔になるらしいです」

「領主様がまともなお方《かた》、いえ、まともな判断の出来るお方でよかったわ。もちろん、そのぐらいの信用は最初からあるけれど」

「……一番大事な税制を素人に丸投げしてますけど、まともなんですか？」

ええもちろんと、意外にまじめな顔で頷かれた。……あれれ？

「それはとても大事なことよ、ジネット。……私が生まれたプローシャの北の方――特にラーフェンスブルクは酷《ひど》いところでね。プローシャでは、領主と言えば……結婚には結婚税、子供が産まれたら出産税、人が死んだら死亡税って、際限なく税の種類を増やすような人のことを言うの」

「……」

「十二になった頃かな、家族で逃げ出したわ。両親は出稼ぎ、私は奉公《ほうこう》と偽《いつわ》ってそれぞれ国境を越えたのよ……」

ディートリンデさんは、幸運だったわと、少し寂しそうな表情を浮かべている。そんな重いお話、聞きたくなかったよ……。

「同じ大国でも、随分と違うの。大人になった今ならわかるけれど、プローシャという国の強さが統制《とうせい》にあるのなら、ヴィルトールのそれは変幻自在《へんげんじざい》なところが強みかしらね。暮らしぶりの違いもそうだったし、人々のまとう空気の違いにも驚いたわ」

ここヴィルトール王国の南にあるプローシャ王国は、ヴィルトールに比肩《ひけん》するほどの大国だ。でも細工物《さいくもの》が有名だったかなというくらいで、アルールでは噂話《うわさばなし》をほとんど聞いたことがなかった。小国過ぎるアルールとその周辺諸国はヴィルトール寄りで、ついでにヴィルトールとプローシャの仲があんまり良くないせいもある。

シャルパンティエはプローシャの国境と接しているけれど、高い山の向こうだし、あっちは無人領で道もなく人の行き来がないから、わたしの中じゃ相変わらず遠い国って印象のままだった。

「でもジネット、あなたも大変よね。ご両親が亡くなられて、やむを得ずこちらに来たのでしょう？」

「あー、わたしは割とお気楽だったというか何というか……。一人立ちには十分な歳でしたし、道中も、シャルパンティエが駄目ならどこかの商家《しょうか》に雇って貰えばいいやって思ってました」

生活は苦しくなっていったけれど、わたしは命の危険があって逃げ出したわけじゃない。しいて言うなら、家を出る方が気楽なのでそちらを選んだ……ってところかなと思っている。

「それだって大したものよ。一人で長旅をする女性なんて、冒険者ぐらいだもの。……ふふ、そうね、ジネットは案外冒険者に向いているかもよ？」

「無理ですよー。迷宮なんかに入ったら、絶対に帰ってこられない自信がありますもん」

街中での仕事――子守や家事なら出来るだろうけれど、それをするぐらいなら、それこそどこかの商会で雇って貰うか店を持つ方がましだった。

人間には向き不向きがあるよねえ……。

「ともかく、一つ一つ埋めていきましょう」

「はい」

雑談はここまで。

気分を切り替えたわたし達は、目の前のお仕事に取りかかった。

ディートリンデさんとそのような話し合いを幾度か繰り返して――というか、ディートリンデさん主導でわたしは時々庶民《しょみん》の立場から口を挟むぐらいだったけど――ユリウスの求める税制の雛形が出来上がるのに、そう日数は掛からなかった。

一度、途中でいいから見せてくれと言ったユリウスが、二人がこれなら普通だなと思える内容にまとめてくれればいいと、条件をゆるめてくれたおかげでもある。

そのユリウスは、人頭税は幾ら、商税は何割、収穫や狩猟の場合はどうと書かれたわたし達の成果を見て、満足げに頷いた。

「……なにせ俺は一人立ちして以来、定住して領主に税を納めたことなどただの一度もないからな。正直言えば今も善《よ》し悪《あ》しはわからん」

冒険者は、直接的に税を徴収されることがほぼない。

ギルドの依頼をこなせばギルド経由で、ダンジョンで手に入れた財貨《ざいか》は買い上げた先がその売り上げから、それぞれ国や領地に税を納めるので、徴収はされていても税というものに無頓着《むとんちゃく》でも仕方がないのかもしれなかった。……それ以外にも、面倒くさいと思ってたりもするのかな？

「どちらにしても数年……そうだな、三年はこの半分でいいだろう」

「いいの？　さっきも言ったけど、それでも安い方に数字を出してあるのよ」

「構わんさ。シャルパンティエ領の収入の主軸が、ギルドへのダンジョン管理権の貸与《たいよ》であることに変わりはない」

領民の数が十人と少しでは、ユリウスの言葉の方に説得力がある。

お店で言う売り上げやお客さんの数と一緒で、今のシャルパンティエだと一人から集める銀貨銅貨の枚数を云々《うんぬん》するよりは、税を納める人数を増やした方が得なのだということは、わたしにも理解できた。

第四話「組合と冬支度」

秋口《あきぐち》に入って、一気に涼しくなった頃。

わたしは重要な会議に出席していた。

「えー、それでは……シャルパンティエ商工組合の長《おさ》は、全会一致で『魔晶石のかけら』亭の主人、カール氏と決まりました」

ぱちぱちとまばらな拍手が響き、ほんの僅かに緊張していた空気が、一気に霧散《むさん》する。

「おめでとうございます」

「頼りにしてますよ」

「うん、頑張るよ」

会議の席にいた参加者は、このシャルパンティエに於《お》いて営業許可証を持つ四組織の代表者で、シャルパンティエの経済を仕切る顔役《かおやく》達でもある。

……なあんて気取ってみたところで、『魔晶石のかけら』亭の隅っこにあるテーブルに、わたしとディートリンデさん、ラルスホルトくん、カールさんが茶杯を手に座っているだけで、会議の内容も店中に丸聞こえだ。今も隣のテーブルにはユリウスがいて、煎《い》った豆を齧《かじ》りながらエールを飲んでいる。

もちろん、急にこんな事をはじめたわけじゃなくて、話し合い自体は毎日していた。それが少しだけ形になった……のかな。

国を跨《また》ぐ規模で運営されているギルド以外、シャルパンティエにいる商売人は皆一つのお店しか持っていない小さな商人や職人で、身を守るため、損をしないために寄り添うのだ。組合員たる各店の利益を伸ばすため……というお題目《だいもく》が本当に機能するのは、専任の組合員や建物を持っているような、そこそこ以上に大きな街の商工組合だけだった。

「とりあえず役職は決まったから、次は……」

「そろそろ冬場のことを話し合っておかないといけませんわ。今日カールさんに早上がりして貰ったのも、そちらが主な理由ですよ」

「ああ、そうでした」

「カールさん、こっちは雪深いと聞いてますけど、どんな具合なんですか？　平地でもオルガドより雪が多いんですよね？」

「そうだなあ、ヴェルニエは大雪でもないとオルガドとの連絡が途切れることはなかったが、シャルパンティエじゃ腰までは余裕で積もるんじゃないかな……」

今日の初会合も役職を決めただけで、こちらに詳しくないラルスホルトくんの為に共同仕入れの相乗りについて説明したり、わたしの提案――知り合いのパン職人がいれば声を掛けて欲しいこと――を検討して貰ったりと、残りは雑談に毛が生えたような、それこそいつもの夕食時にカールさんが少し早く加わった程度の内容だった。

大きな商工組合なら、自前の建物の奥深くに魔法で防音された専用の会議室でも構えるんだろうけど、いまのところは聞かれて困る話なんかないから、さっきまではエール片手に面白そうな顔でこっちを見てた冒険者もいたぐらい。朝が早いから部屋に帰っちゃったけどね。

ちなみに全員が評議員《ひょうぎいん》兼務で、議長がカールさん、副議長がラルスホルトくん、ディートリンデさんは顧問、ついでに書記がわたし。……名前だけは立派にしておけって、領主様が横から茶々を入れたせいで、大仰《おおぎょう》になってしまったよ。

肩書きは時々思わぬ力を発揮《はっき》するから、意味はわかるんだけどね。

「少しいいか?」

「領主様?」

「まず、雪かきに回せる予算はない。馬車便は間違いなく止まると思ってくれ。去年の初冬、下の森のあたりでベアル狩りをしたが……あの様子なら年暮れの月の半ばから春待ちの月の終わりまで、まともに人の行き来は出来ないだろう」

「でしょうねえ……」

「三ヶ月弱かあ」

「それから、カール。メテオールの飼《か》い葉《ば》な、あれもとんでもない量になると思うが……」

「そっちは抜かりなく！　もう頼んでありますす」

アルールはこっちほど雪深くないから卸売《おろしう》りも止まらないし、迷宮も浅い階層で日帰りする冒険者の方が多かったから、正直言って雪のことは気にしてなかったよ。

でも、王国が依頼を出して雪かきをする大きな街道とは違って、それ以外の道はほとんど閉ざされる。当たり前だけど王国だって余計なお金は出したくないはずで、それでも雪かきをするのは、その方が損が少ないからだ。

道が閉ざされると、物は入ってこないし噂話も止まってしまう。何かあったとき、知らせを出すことすら出来ないかもしれない。戦争や魔族の襲撃も、雪が降ってるからお休みになる……とか、そんなうまい話はどこにもないだろう。

わたしのような商人なら、雪で一番困るのは仕入れが止まっちゃうことかな。これはどうしようもないから、倉庫に品物を積み上げて雪の季節をやり過ごすのが普通だった。

次に困るのは客足が鈍《にぶ》ることで、晴れの日だとお客さんが多いのと反対に、寒い上に雪が降ってるとみんな外に出なくなる。わたしだって、大雪の日にわざわざ外に出たくない。

「足りないからとすぐに仕入れるなんて出来ないが、あんまり仕入れの量が多すぎると後が大変だからなあ」

「どっちもどっちですよねえ……」

「うちは鉄材と炭ですから何とでもなりますけど、食べ物は大変そうですね」

「まあ、これればかりは仕方ないさ」

わたしもヴェルニエのマテウスさん経由で手紙をやり取りしていて、例えば……パン屋さんには前もって大口の発注をすると報せてあった。

もちろん、それがわたしの売り上げ、更にはユリウスの得る税になるのだけれど、注文して持ってきて貰うだけでも大変だ。

ヴィルトールでは大人一人が一日に食べるパンの量は一プフントと決められていて、これが取引の単位にもなっている。アルールだと同じ一日分を一リーブルと呼ぶけれど、ちょっとだけプフントの方が重たいのかな。

それはともかく、冒険者一人が三ヶ月、つまりは九十日間もこちらに逗留するなら、九十プフント分のパンか堅焼きパンを用意しなくてはならなかった。十人なら九百プフントで、それだけでもう馬車の荷台——山道を登る馬車は立ち往生しても少ない人手で何とかしないといけないから、ルーヘンさんは大抵小さい荷馬車を選んでいた——は埋まってしまう。

そんな数量になるので、下手《へた》をしなくても、うちだけで馬車に何台って数の堅焼きパンを注文する予定になっている。

残念なことに、シャルパンティエにはパン屋さんから預かった小麦を粉にする粉ひき水車どころか、麦畑そのものがない。おかげで全部ヴェルニエから買ってこなくちゃならないわけで、お品《しな》が更に高くなってしまうのは仕方なかった。

「『銀の炎』、カール。長逗留《ながとうりゅう》しそうな冒険者の数はどのぐらいと見積もる？」

「四、五組は確実でしょう。最大の予想では……そうですわね、『魔晶石のかけら』亭の全室が埋まっても足りないかと」

「親父も気を付けろって言ってました。期間雇いの住み込み給仕も、ヴェルニエのギルドに募集を出してあります」

「……ふふ、そうか」

ユリウスは満足そうに頷き、エールを一気に飲み干した。

別に甘過ぎる見通しってわけじゃない。冬場、冒険者のお仕事は確実に減るからね。

雪深い場所では商人達の移動も減って、護衛の仕事が少なくなってしまう。

並の狩人の手にはおえないベアルも、雪の降る間は冬眠する。

じゃあその間、冒険者がどこで稼ぐのかと言えば、腕に覚えのある人は迷宮に潜るし、腕に自信がなければ冬仕事——貴族屋敷や主要道の雪かき、人が集まる迷宮都市の下働き、あるいは内職——を選ぶ。

ちなみにヴェルニエから一番近い迷宮は今年からシャルパンティエになったので、わざわざ遠くに出掛けなくてもいい。旅費も安く済むし、晩秋に様子見でもして肌に合えばそのまま居着けばよいだろう。……というような噂をそれとなく流したのだと、ユリウスはわたしにこっそり耳打ちした。

「うちも食べ物の方が問題だなあ。ユーリエも俺もパン焼きの練習はしてるが、今年の夏のように人数が少ないならともかく……」

「ユーリエさんは洗濯の方もありますもんね」

「俺も朝から昼は仕込みやら掃除やらで動きにくいからなあ」

「人数も増えるものね、あなた」

「まあな」

わたしなら迷宮で使われる食べ物に消耗品、カールさんは冬越しの場と食事。ラルスホルトくんなら武器の修理や新調だから炭や鉄の在庫が必要で、ギルドは引き取った魔晶石の代金や緊急事態への対処が求められる。

受け手になるわたし達は、その準備をしておかなくちゃならなかった。

もちろん、忙しくなるからと安易に人数を増やせばたちまち赤字になるので、カールさん達の躊躇《ためら》いもわかる。わたしだって、勢いで在庫を増やして後悔したくない。

「今日のところはこのあたりでしょうか?」

「そうだな。明日ルーヘンがやって来るまでに、目安になる積み荷の量だけはそれぞれ出しておくようにしよう」

うちは馬車何台分になるのやら……。堅焼きパンだけじゃなくて、よく売れるはずの冬物や替えの長袖《ながそで》下着、もちろん日々使われる消耗品も大事だ。

二階に空き部屋があって良かったよ。

実は……冬の準備はどうするのってディートリンデさんから聞かれなきゃ、雪が降り出す頃におろおろするところだったのは、誰にも話せないわたしだけの秘密かもしれない。

その翌日、ルーヘンさんの馬車がそろそろくる時間だなあ……と思えば、なんと車列は隊商《たいしょう》かと見まごうばかりの十数台。

「おう、なんだなんだ!?」

「珍しいな」

その馬車音に宿で王国の貴族院に提出する年次《ねんじ》報告書の下書きをしていたユリウスや、ギルドからディートリンデさんが出てきたぐらいだ。野次馬《やじうま》冒険者達は言うまでもない。

「あれは……何事だ!?」

車列の一番後ろだけは、何故か荷馬車ではなく、お忍びの貴族様や大店《おおだな》の主人が使うような黒い箱馬車だった。おまけに荷馬車も重い物を載《の》せているのかほとんどが二頭立てで、ルーヘンさんのいつもの荷馬車が小さく見える。

「でも、先頭はルーヘンさんだよねえ?」

「箱馬車まで見えますわね……」

ルーヘンさんの馬車が広場に入っていつもの位置に止まるのに合わせ、ユリウスはつかつかと歩み寄った。

「ルーヘン! これは一体どうしたことだ!?」

「おお、領主様! 後ろの馬車にアロイジウス様ご夫妻が乗っておられますから、そちらでお聞きになられて下せえ。何でもお引っ越しだとか何とか……」

「引っ越しだと!?」

そのまま黒馬車に走っていったユリウスをぽかんと見送り、ディートリンデさんとわたしは、思わず顔を見合わせた。

第五話「老夫婦」

その日、一気に人が増えたおかげで、シャルパンティエ中が大騒ぎになった。

まずはお馬さんだ。『魔晶石のかけら』亭の馬小屋は数頭で満杯になるし、いくらメテオール号が大きくてもその馬小屋は普通の大きさで、三十頭は無理だ。

とりあえず壁だけはしっかりしている領主の館予定地に放り込んで、馬が出ていかないよう正門には御者《ぎょしゃ》さん達が交替で見張りを立てることになった。

メテオール号はちょっと迷惑そうだったけど、嘶《いなな》きどころか一睨《ひとにら》みで新参の馬車馬《うま》達を黙らせている。なんだか馬の王様みたいで面白かったよ。

馬を外した馬車は、そのまま広場に並べられていた。積んでいる荷物の大半は重い建材で、頼まれたって誰も持っていかないだろう。

その馬車を操《あやつ》っていた御者さん達の半数は、大工さんだった。明日からこっちでマスター・アロイジウスの新居を建てるそうだ。今度の親方は前に来ていたアンスガー親方とは兄弟弟子《でし》で、アンスガー親方が別の仕事で手が放せなくて、シャルパンティエの方を頼まれたのだという。

でもやっぱり、一番大変だったのはカールさん夫婦かもしれない。急に増えたお客さんのために、翌日出す予定の仕込みからあわてて夕食をひねり出したんだって。

そのあたりの騒動が大体片付いた夜、食後の一杯をちびちびと飲《や》っていた大工さん達が部屋に引き上げた頃。

「で、これはどういうわけだ、『孤月《こげつ》』」

むっつりとした表情のユリウスと素知らぬ顔のマスター・アロイジウスが、『魔晶石のかけら』亭の隅っこで向かい合っていた。

隣の席には、にこにことした顔のお婆ちゃん――マスター・アロイジウスの奥様パウリーネさま――と少し緊張した顔のディートリンデさん、そして、なし崩し的に呼ばれたわたしが座っている。

「どうもこうも、ヴェルニエのマスターを降りた」

「何だと!?」

ユリウスは大仰に驚いているけど、わたしだって同じように驚きたい。思わずディートリンデさんと顔を見合わせる。

きちんと確かめたことはなかった。でも、マスター・アロイジウスはユリウスにとって最大の後ろ盾《だて》だったはず。……変に拗《こじ》れたりしないといいけれど、ちょっと心配だ。

「『洞窟狼《どうくつおおかみ》』よ」

「うむ?」

「俺だって何時までも現役を張れるわけじゃない。……お前、俺の歳を知ってるか?」

「いや、興味を持ったことさえないが……。俺が駆け出しの時分、まだ現役の冒険者だったのは間違いなかろうし、顔の皺《しわ》から見ても六十前後、行っても七十というところか？　確かにいい年だが、現役の者も多かろうに。こちらに来ているディトマール老《ろう》も似たような歳だと思ったが？」

「ふん。……殆ど誰にも明かしたことはないが、今年九十になった」

「何!?」

「ディトマールなんぞ、駆け出しの前から知っとるぞ。親父の方と付き合いがあってな、あいつが生まれた時、祝いを持って家を訪ねたぐらいだ」

流石に驚いて、わたしもぽかんとマスター・アロイジウスのお顔を見つめてしまった。

大きく括《くく》れば『お爺ちゃん』以外には間違いようのないお顔だけど、わたしにも六十前ぐらいにしか見えない。……っていうか、ディトマールお爺ちゃんの方が年上に見える。お髭《ひげ》も長くて白いし。

「ほんとうよ」

「パウリーネさま？」

「私が二十歳《はたち》過ぎだったかしら、押し掛けで嫁いだとき、この人もう五十を過ぎてたもの。教会に出す誓紙《せいし》を見て、ひっくり返るほど驚いたわ」

懐かしいわねと微笑《ほほえ》むパウリーネさまに、何も言葉を返せない。歳の差はともかく、ちょっと羨ましいかなあ……。わたしはユリウスの横顔を、こっそりと盗み見た。

「パウリーネ殿が押し掛け女房だったとは、意外だな」

「……。それはともかく、いい加減身体にも仕事にも無理が出かけてたところに、丁度良さげな引っ越し先が目の前に出来上がったからな。まあ、そういうことだ」

「ギルドの本部は何も言ってこなかったのか？」

「馬鹿丁寧に労いの挨拶《あいさつ》を送ってきた奴は何人かいたが、難癖《なんくせ》はなかったぞ。まあ、本部の小僧どもが何を言ったところで無駄だがな。ついでに言えば、後任のマスターにはクーニベルトを呼び寄せた。あいつならお前とも知らん仲じゃねえし、ヴェルニエ生《は》え抜きの連中はそれなりに仕込んである。どうあろうと仕事が回らんってことにはなるまいよ」

「『騎士泣かせ』クーニベルトか……。しばらく振りになるな」

ヴェルニエのギルドは大丈夫なんだろうけど、ほんと、突然で……。

そりゃあお年が九十なら、引退も仕方ないんだろうとは思う。でも、大きい組織だと引継も大変そうだ。

「まあ、少しぐらいなら領地のことも手伝ってやる。これでも方々《ほうぼう》に顔が利《き》く方でな」

「……あまり引っかき回すなよ？」

「知ったことか。俺はな、俺とパウリーネが静かな余生《よせい》を送れりゃそれでいいんだ。あとは……そうだな、適度に賑やかな冒険者酒場の隅っこで、若い連中を肴にちびちび飲《や》れりゃあ言うことなしか」

ふんと鼻息を立てて、マスター・アロイジウス改めヴェルニエギルドの前マスター、アロイジウスさまは、パイプの煙を天井に向けて吐き出した。

そのアロイジウスさま、御者さん兼業の職人さん達の宿代を一気に支払うと、そのままパウリーネさまと共に『魔晶石のかけら』亭に居座《いすわ》ってしまった。早速実践《じっせん》なさっているらしい。

広場から少しだけ奥に道が引かれ、木が切り倒されて根っこが抜かれ……あっと言う間に敷地の土台になる小さな石垣が組まれた。ついでに食料品や建材、飼い葉を運ぶ馬車便の往復も増えて、シャルパンティエは賑やかなままだ。

今日も朝から、柱を立てる音や重い物を運ぶ魔法の詠唱《えいしょう》が聞こえてくる。

広場にあるお店よりも小さな家だし、建築魔法が使える大工さんを三人も呼んだから建つのはすぐなんだって。引っ越しの荷物はもうまとめてあって、後からこちらにやってくるそうだ。万全だなー。

「ヴェルニエに居るとね、ひっきりなしにお客さんが来るから辟易《へきえき》してたらしいのよ」

「この近所で一番大きなギルドですもんね、ヴェルニエのギルド」

旦那様がユリウスとあれこれやっているので、昼間、パウリーネさまはお暇《ひま》らしい。

わたしもお昼は……残念なことに暇なので、時々、連れだって散歩にも行く。

パウリーネさまからは、家庭菜園のことを教わったり、ヴィルトール風の料理の手ほどきを受けたりしていた。

優しくて朗《ほが》らかなお婆ちゃんだったから、わたしはすぐ懐《なつ》いてしまったよ。

「せっかく引退したのに昼寝も出来やしないって、へそを曲げちゃってね」

「あらら……」

「ユリウスくんと会って、少し機嫌が直ったかしら」

引継は済んでいても、色々しがらみもあるんだろうなあ……。

アルールを旅立つ時、わたしも挨拶回りはしたけれど、ただの店番と地域をまとめる大きなギルドのマスターじゃ、とてもとても、比較にならない。

「これもいいわね。このナイフの刃《は》より背が高くなると、堅くて苦くなるから美味しくないけれど」

「はい。……あ、こっちにもキノコだ」

「それは食べられないけれど、食料庫を燻《いぶ》すと虫避けになるの。手ぬぐいに包んで別にしましょ」

広場からほんの少し、三十歩ぐらい森に入っただけで食べられる野草やキノコが採《と》れるなんて、全く気にもしていなかったわたしはものすごく驚いていた。

ちなみにパウリーネさまも元冒険者で、山のこともよく知ってらっしゃるし、お年の割に足腰もしっかりしていらっしゃる。下手しなくても、わたしの方が頼りないぐらいだ。

「もう少し秋が深くなれば、木の実もいいわ。大甘栗《おおあまぐり》も美味しいけれど、団栗《どんぐり》も渋《しぶ》み抜きをすればそれなりに食べられるのよ」

「アルールだとあまり食べませんねえ。街育ちだったんで、こういうの憧れてたんです」

「こちらだと、子供に教えて自分でおやつの元を作らせるの」

「わ、楽しそう！」

色とりどりのキノコに山菜、食べられないけどお香《こう》の元になる野草。

帰る頃には、色んな物で篭《かご》がいっぱいになっていた。おまけに心の中まで何だかいっぱいだ。

今はいない母さんとお出かけしてるような、ちょっと寂しくて、ちょっと温かい気持ち。

シャルパンティエでの暮らしは気に入ってるけど、すこーしだけアルールが懐かしいよ。


アロイジウスさまとパウリーネさまの新居は、半月足らずで完成した。

広場から山手に続く短い道の突き当たり、もちろん小さなお庭はまだお手入れ前で、ちょっと寂しい感じがするけれど、すぐ賑やかになるだろう。

新居は平屋ながら応接間付きで、整地ついでに作った地下室があって、良い燻製《くんせい》が作れるぞとアロイジウスさまは自慢げだ。

ちなみに家が出来上がって帰るのかと思っていた大工さん達は、そのまま新しい別の家を建て始めた。今度は随分小さいけれど、貸家にして家賃を取るらしい。大工さん達はたまにうちのお店で買い物してくれるので、雑貨屋の店主としてはとても嬉しかった。

でも、流石アロイジウスさまだ。抜け目が無いというか何というか、現在金欠《きんけつ》中なユリウスの肩代わりをしているようでいて、ちゃんと自分の利益も取っている。誰が暮らすにしても、おうちは必要になるもんね。

「おはようございます、アロイジウスさま、パウリーネさま」

「おう。朝からすまんな」

新居が完成した日、アロイジウスさまは休憩日だったパーティーの神官さんを引っ張ってきて新築の言祝ぎを済ませ、次の日からは本格的なお引っ越しが始まった。

一度に運ばれても捌《さば》ききれないので、荷馬車が来るのはルーヘンさんと同じく二日に一回にしてあるそうだ。荷物は『必ず』夕方届くので、夜露《よつゆ》に濡らさないようとにかく家に運び入れ、次の日にゆっくりと場所決めをしてあるべき場所へと動かされる。

「大丈夫ですよ。今日は間違いなく、夕方までお客さんが来ませんから」

ちなみに今日はうちだけでなく、シャルパンティエにあるお店は全部お休みしていた。冒険者が全員ダンジョンに行ってしまい、村に一人も残っていないんだから仕方がない。

そんなわけで『魔晶石のかけら』亭は厨房の大掃除、ラルスホルトくんは今日明日徹夜して大物を鍛《きた》えるって気合い入れてたよ。

「そう？　無理はしないでね、ジネット」

「はいっ！」

玄関口には、昨日到着した荷物が無造作に並んでいた。

アルールを旅立ってからはずっと宿屋暮らしだったわたしと違い、ご夫婦は自分の家に暮らしていらっしゃったから、荷物も馬車で何台分って量がシャルパンティエに送られて来る。

「そうだジネット、手伝いは確かに助かるがな……」

「アロイジウスさま？」

「昨日、もっといい方法を思いついた！」

なんだろう、にやっと笑うアロイジウスさまは楽しそうだけど……ちょっと不安だ。

「パウリーネ、すぐに戻るからこちらはゆっくりでいいぞ」

「ええ、いってらっしゃい」

持っていた荷物を置くように言われ、わたしは促《うなが》されるままギルドへと連れて行かれた。

「ディートリンデ君を呼んでも大丈夫か？」

「はい、ただいまっ！」

もちろん、受付のウルスラちゃんは駆け足ですっ飛んでいった。……アロイジウスさまは近隣のギルドをまとめていたヴェルニエギルドの元マスター、お仕事中でも呼ばざるを得ないんじゃないかなと、ちょっとだけ申し訳ない。

「お待たせいたしました、マス……失礼、アロイジウス様」

「ディートリンデ君、ジネットに魔法の伝授を頼む」

ちょっとだけ驚いた表情のディートリンデさんは、話を聞くなりお顔が引き締まった。

「はい、畏《かしこ》まりました。種類は何を？」

「荷運びの魔法と、後は適当でいい」

あ、荷運びの魔法が使えるなら、お引っ越しも楽になるね。

でも、魔法の伝授には、確か結構な授業料と予約が必要で……。それに適当って何ですか、アロイジウスさま!?

「料金はいつものようにツケといてくれ」

「えーっと……？」

「はい、承《うけたまわ》りました」

「アロイジウスさま!?」

「なに、引っ越しの手伝いの礼だ」

にやりと渋い笑顔で片手を挙げ、アロイジウスさまはギルドを後にされた。

あっと気付いて追いかけようとしたけれど、ディートリンデさんに止められる。

「あの方が『いい』と仰られてるんだから、甘えていいと思うわよ」

「うー……」

「ジネットは……そうね、引っ越しのお手伝いをしっかりとやれば、それでいいわ。……あの方は、そういう方だから」

そこまで気に入られたのかなと思いたいところだけれど……なんだか申し訳なさすぎるし、どうしても気後《きおく》れしてしまう。

「それにアロイジウス様は、もしかすると領主様よりお金持ちかもね」

「え!?」

内緒よと前置いて、ディートリンデさんは唇に指をあてた。

「お若い頃は北方一《ほっぽういち》と謳《うた》われたパーティーにいらした有名な方だし、ギルドのマスターとなられた後も、大きな依頼を幾つもこなしておられたの。……ジネットは知ってる？　ギルドって、ギルド同士で依頼を出し合うことも多いのよ」

「えっと、知りませんでした」

冒険者とギルドが力を合わせれば、何でも出来ちゃうなあってぐらいには思ってるけど、その内幕までは流石に知らない。

「例えば……そうね、シャルパンティエのギルドは私を入れて八人、でも魔物と戦えるのはディトマール師《し》を入れても六人で、何かあった時に洞窟の入り口を塞《ふさ》ぐのには十分でも、その他のお仕事が回らなくなるわよね？」

「はい」

「そんな時は、近くのギルドに応援の依頼を出すことがあるの。他にも、足りない品物を探して貰ったり、交渉の代行を頼んだり……そうだわ、ジネットは時々お手紙を出してくれるけれど、あれも実は二重の依頼でね、ジネットから受けた依頼を一度シャルパンティエギルドが預かって、ヴェルニエギルドに手紙の配達依頼を出してるわ」

「へえ……」

「ここは鉄看板を掲げた小さなギルドで、ギルド同士を結ぶ定期便が走ってないから、そういう形式になってしまうの」

ヴェルニエは格付けが上の銀看板だったっけ……。ギルドの大きい小さいは看板で区別してたけど、そういう違いもあったんだ。

うん、思ったよりもややこしい。いつもご面倒をおかけします、ギルドの皆さん。

「それで、さっきのお話の続きね。大きな依頼に限っては、お仕事をこなしたギルド員にお給金とは別の報奨金《ほうしょうきん》が渡されるわ。特に王国が直接動くような交渉事なら、動く金額も大きいし相手だって大物だから、特別な人が呼ばれる。……例えば、『孤月』様とか」

「うわあ……」

もちろん、『孤月』はアロイジウスさまの二《ふた》つ名《な》だ。

わたしはアロイジウスさまのことは、ユリウスの飲み友達でパウリーネさまの旦那様、元ヴェルニエギルドのマスターだってことぐらいしか存じ上げないけれど……。

もしかすると、ユリウス並かそれ以上にすごい人なのかもしれない。


雑談ばかりではお金を出して下さったアロイジウスさまに申し訳が立たないので、ディートリンデさんと訓練場に向かう。

引っ越しのお手伝いなんてご近所さんじゃ当たり前なのに、お返しに貰った分が多すぎて……はあ。後でまた、別のお礼を考えよう。

「ジネットって、魔法は得意な方？」

「うーん、どうなんでしょう……。妹の方が得意なのは間違いありませんけど、他に比べる相手もいなかったんで、よくわからないです。小さい火でハエ落とすのは、自分でも上手になったと思いますけど……」

「じゃあ、魔力を細かく操るのは慣れてそうね」

「はい！」

昔は母さんやアレットと連れだって砂浜で魔法の練習をしたけれど、ここ数年は店番に追われてたもんね。本業じゃないから、どうしても疎かになってしまうのは仕方ない。

「去年の夏に計って貰った時、魔力は黄色でした。使える魔法は風の矢とか水の球とか普通のばっかりで、あんまり難しいのはちょっと……。あ、でも母さんから、これだけはしっかりやりなさいって言われて、炎の槌《つち》はいっぱい練習しました」

「……それ、普通じゃないわ。冒険者になる気はなかったんでしょう？」

「はい」

あ、ディートリンデさんが額押《ひたい》さえてる……。アレットなんか、もっとすごいのいっぱい連発できるし、大したことないと思うんだけどなあ。

炎の槌の魔法は、母さん曰く、戦いには今一つ使いづらいけどわたしぐらいの魔力でも無理なく扱《あつか》えるから、店番の切り札にはいいらしい。

まず、大きな炎は見た目通り何をやってるか分かりやすくて、同じように見える炎の球と大概の人は間違える。

それに炎の球は飛んで行くけれど、炎の槌は飛ばない分、魔力もそんなにいらない。操るのも簡単で、腕を振れば一緒に動いてくれた。

強盗がびっくりして逃げればそれでいいし、逃げないなら何言われようとそのまま振り下ろしなさいって言われたのは覚えている。

「……そうね、ジネットは冒険者ではないもの。切り札に一つだけ選ぶとしたら、炎の槌はとてもいい魔法になるわね」

母さんが作った砂人形相手にいっぱい練習したから、慣れてるのは間違いない。

けれど、もしも本当に強盗が現れたら、わたしは怖さで身体が固まっちゃって魔法どころじゃないだろうなあ……。

「ともかく、先に荷運びの魔法を覚えてしまいましょ。その様子を見てから、他に教える魔法を考えるわ」

「はい、お願いします！」

そう言えば、母さん以外の人から魔法教えて貰うのって、これが初めてかも。

ふふっ、なんかわくわくしてきたよ！


昼前、まだ少し早い時間まで、わたしはじっくりと魔法を教わることが出来た。

他にも普段使えそうな魔法を幾つかと、おまけにいざという時の切り札になる魔法まで教えて貰ったけど……切り札なんて、これまで一度だって使ったことないのに二つも必要かなあと、思わないでもない。

でも、ディートリンデさんの口にした、『切り札なんて本当は使う為のものじゃない。持っていることで出来る心の余裕が大事』という言葉には、なるほどと頷いてしまったよ。

「ただいま戻りましたー！」

「お帰りなさい、ジネット」

「おう、どうだった？」

「ありがとうございます。きちんと使えるようになりましたよ！　……【魔力よ集え、浮力と為せ】」

わたしは玄関すぐのところにあった二人掛けのソファに魔法を掛け、ふわりと浮かび上がらせた。

「ね、ばっちりです！」

まだちょっとだけ、使う魔力の量に比べて集中力が不必要に大きいのか違和感があるけれど、基礎が出来ているからすぐに慣れるとディートリンデさんは褒めてくれた。

「ほほう、いい具合だ！　じゃあ、そいつは応接間の右手に頼む」

「はい！」

浮かせ具合を意識しつつ、ソファを静かに傾ける。

それにしてもねえ……。

わたしも日々、お店の荷物を運ぶわけで……あー、もう、もっと早く覚えればよかった！

母さんに教えて貰っていた頃より魔力が上がってたせいもあるけど、こんなに簡単だとは思わなかったよ。アレットが母さんから荷運びの魔法を習ってた時は、すごく難しそうに見えたんだけどなあ。

まあいいか。これから慣れていこうっと！

「あ、ぎりぎり……」

「おう、そのまんま浮かせといてくれ」

アロイジウスさまが浮いたソファをすいっと押して回転させ、扉口をよけて通してくださった。

「魔法ってのは無理に使うもんじゃない。便利に使うもんだ。手足と一緒だな」

「なるほどー」

「まあ、俺は『洞窟狼』と同じく魔法はからっきしだがよ」

ソファを動かすのに、魔法で全部やろうとしても複雑になるし、手だけだと人数が必要になる。

他のこともそうだ、アロイジウスさまの仰るように、いいとこ取りをすればいいんだよね。

「このあたりで降ろしてくれ」

「はい……っと」

今更気付いたけれど、このソファ、随分とお高そうな感じがする。

見かけはそうでもないけれど、触れば普通の革じゃないのがすぐにわかった。……それにこれ、もしかして魔導具《まどうぐ》かな？

「ほう、気付いたか！　流石は長いこと店やってるだけのことはある」

「あー……ちょっと違うなと思いましたけれど、何が違うかまではわかりませんでした」

「座ってみな。すぐわかる」

「えっと、失礼します」

……ふわあ。

ソファなんてうちにはなかったし、滅多に座ったことがないけれど、お尻を沈み込ませて背中を伸ばすとすっごく気持ちいい……。

魔導具かどうかはさておき、やっぱり上等らしい。

ふふ、家にも一つ欲しいけど、置き場所が思いつかないね。これだけ造りがいいと、お値段も張るだろうし……。

「ふう……」

あ。

言葉通り、仕掛けはすぐにわかった。

座る前は見えなかったけれど、肘掛《ひじか》けの『上』、右手を置いたその上あたりに半透明のもやもやした鏡みたいなのが見えている。これ、映ってるのは……壁かな？

「背中側にある水晶球は飾りじゃなくてな、後ろの景色が見えるようになっている」

「おおー」

「暗殺者が近づいてもすぐ分かるぞ」

「ひっ!?」

ちょっとお尻を浮かせそうになったけど、アロイジウスさまは楽しげに肩をすくめた。

でも、大きなギルドのマスターなら、そういった恐いお仕事もこなしておられたはずで……。

「そのソファ、座り心地が抜群にいいだろう？」

「はい、とっても！」

「革は成竜《せいりゅう》の腹皮《はらかわ》を魔法薬に何年も浸《ひた》して柔らかくしたやつで、中身も名人で知られた職人が手間暇かけた代物でな。俺は九十年の人生で玉座《ぎょくざ》以外のありとあらゆる椅子に座ってきたが、そいつが一番のお気に入りだ」

竜の革なんて最高級の革防具とかに使うのが普通で、ソファにするのはもったいないというか贅沢というか、他の革でいいんじゃないかなって思う。でも、この座り心地は捨てがたくもある。うん、やっぱりありかも……。

「まあ、魔法の鏡は割とどうでもよくてな」

「え!?」

「そんなもの、気配で大体分からなきゃな、命が幾つあっても足りやしないんだ」

再びにやり。

悪戯《いたずら》好きってわけでもないんだろうけど、アロイジウスさまはちょっと捻《ひね》った謎掛けとか好きそうだよね……。

「あなた」

「おう。……うむ」

パウリーネさまが呼ぶと、アロイジウスさまは一つ頷いてそのまま出ていった。……何かな?

「ジネット、あなたもね」

「はい?」

「お昼にしましょ」

「……あ! ご馳走《ちそう》になります!」

「ベッドは次の次の便じゃないと届かないからまだ暮らせないけれど、お台所はもう使えるようになったの」

頑張ったのよと微笑むパウリーネさまに、とても温かいものを感じながら、食堂へ向かう。

……もしかして、アロイジウスさまもパウリーネさまも、お互い相手を呼ぶ声だけで何の用事かわかっちゃったりしますか？


アロイジウス家のお引っ越しは、たっぷり半月掛かってしまった。

荷馬車の手配や手伝える人数、お二人のお年のせいもあるけれど、いまはもう、無事に予定の荷物全てが新居へと運び込まれている。

お祝いはもちろん新居で行われたんだけど、六つのパーティーで二十人と少し、夕方前にはもう、庭どころか道にまで冒険者がはみ出ていた。

聖神降誕祭の時と同じく、お引っ越しには振る舞い酒が出るってみんな知ってたからね。冒険者のほとんどがダンジョンから戻ってきちゃったよ。

「遠慮なさらないでいいのよ」

「ご馳走になります！」

「ジネットさん、俺も肉！」

「こっちも頼《たの》まあ！」

「はーい！」

わたしはお手伝いっていうか、本来なら『娘さん』か『息子さんのお嫁さん』の立ち位置である給仕のお役目を頂戴《ちょうだい》して、パウリーネさまと一緒にお客様へとお料理を取り分けていた。

「酒は足りてるか？　ほう、杯は満たされとるが酔いは足りてねえようだな」

「う、うっす……」

「せっかくのただ酒だ、全部飲み尽くしてしまえ」

アロイジウスさまは蒸留酒《じょうりゅうしゅ》の小樽を右手に抱えたユリウスを従えて、冒険者と大工さんにお酒を飲ませて回っている。……これも『息子さん』か『娘さんの旦那さん』のお役目だけど、娘さん二人はもうとっくに結婚されていて、それぞれ王都グランヴィルと北方にあるアツェットの近くにお住まいだった。流石に呼んですぐに来られる距離じゃないから、代役を立てるのは仕方がない。

もちろんね、お手伝いがいやってわけじゃなくて、わたしとユリウスって組み合わせも、別に、まあ、その、うん……。

最初から夫婦のカールさんとユーリエさんでもいいような気もしたんだけれど、結局みんなを呼ぶんだからたまには休ませてあげなさいって言われちゃうと、それもそうだと思えてしまった。

「どうやら一段落したかしらね」

「はい。……またすぐに『おかわり！』ってお声が掛かりそうですけど」

「それは嬉しいわね。やっぱり、お鍋は空になってこそだわ」

この『根菜たっぷりの肉団子シチュー・酢漬《すづ》けの赤カブ添え』はユリウスくんの好物だからあなたも覚えておくといいわ……なんて言われてしまったものだから、つい前日の仕込みの時からお邪魔してしまった。

『あら、ユリウスくんから教えて貰わなかったの？　しばらくはうちの人と組んでて、うちの家に住んでたこともあるのよ』

『ぜ、全然知りませんでした！』

『昔のことなんて、冒険のこと以外は聞かれてもはぐらかしそうなところは、似たもの同士よね。……あ、タマネギはうんと細かくしてね』

『さっきのセロリと同じぐらいに？』

『ええ、そうよ。細かくすると煮溶けやすいから、出来上がりがぐっと美味しくなるの。具にするのは大振りに切って、後でまた入れるのよ』

パウリーネさまと二人で台所に立つのは、ユリウスの昔話抜きにしても楽しかった！

アロイジウスさまとユリウスが、応接間で何か賭けてカードやってる声が時折聞こえてきたせいもあるけれど、なんだかね、久しぶりに実家に遊びに来た息子夫婦みたいだなって思えて……。

でも、ユリウスがアロイジウスさま達と一緒に住んでたなんて、本当に知らなかった。そりゃ仲いいっていうか、家族っぽい雰囲気にもなるよね。

「ジネット、あなたも休んでらっしゃいな」

「いえ、パウリーネさまこそ」

そろそろ暗くなってきたし、あれだけ沢山用意した料理も半分は消えてなくなっていた。宴会はまだまだ続くけどねー。

ギルドにはさっき差し入れに行ったし、カールさん夫婦やラルスホルトくんの姿も見える。

あ、ユリウスとアロイジウスさまが戻ってきた。ユリウスはちょっとお疲れかな？

「二人とも、もういいぞ。大概は酔わせたし、後は自分でやらせりゃいい」

「そう？　じゃあ、私達もいただきましょうか」

「はい。あ、敷物持ってきますねー」

「お前ももういいぞ、『不肖《ふしょう》の息子』」

「こんなにひねくれた親父を持った覚えはないのだが……」

ユリウスは嫌そうにぼやいているけど、なんとなく、いい大人なのに親から子供扱いされてふくれっ面《つら》をしている息子にも見えてくる。

「お待たせしました、パウリーネさま」

「ありがとうね、ジネット。ほら、ユリウスくんも座りなさいな」

「申し訳ない」

「お前、昔っからパウリーネにだけは素直だよな……」

「スジや礼儀を通すべき相手と、絶対に逆らってはいけない相手を知っているだけだ。何でもな、『孤月』とかいう奴の話によれば、それこそが冒険者として生き残る秘訣《ひけつ》らしいぞ」

「ほう、俺も見習ってみるかな。これからも長生きできそうだ」

「……抜かせ」

その『孤月』ことアロイジウスさまは、明日から家主さん兼業で猟師さんになる。

「もちろん、うちの人の腕が鈍っていなければ、だけど……」

「そこいらの若造に負けるようでは、老い先なんぞないも同然」

ユリウスは呆れ顔だけど、アロイジウスさまはもうシャルパンティエ領の狩猟免状も取っている。お年を知ってしまっただけに、申請を出されたディートリンデさんもちょっと困ってた。

ご夫婦揃って健脚だし、頼りなくはないんだけど……やっぱり、ねえ。

「はい、ユリウスもお疲れさま」

「うむ」

あ、器を受け取ったユリウスが、いつもより嬉しそう。

パウリーネさま特製の『根菜たっぷりの肉団子シチュー・酢漬けの赤カブ添え』、わたしもいっぱいお手伝いしたよ。

ふふ、レシピはしっかりと覚えたし、パウリーネさまからは秘密のコツも教わったから、今度、ユリウスのために作ってあげようかな?

「このあたりでいいか?」

「おう」

「こっちにも一つ下げるか」

夕方、少し暗くなると、冒険者達がカンテラやランタンを持ち寄ってきて、木に引っかけたり、庭の囲いにぶら下げていけば……。

「きれいだねー」

「……うむ」

星空が地上に降りてきたような優しい光が、わたし達をあたたかく照らしてくれた。

家の中が片づいて引っ越し祝いをした次の日、皆の心配を余所にアロイジウスさまは飄々《ひょうひょう》と弓を担いで山に入り、言葉通りその日の内に鹿を仕留《しと》めて帰ってきた。

「うわ、おっきい！」

「まあ！　こんなに大きいとうちじゃ食べきれないわ」

「『孤月』の名、未だ健在なりということだ」

「普通、狩人は獲物を自分で持ち帰るものなのだが……」

「一人なら山鳥《やまどり》にしとるわ。荷物持ちがおって使わんなど、無駄の極致《きょくち》」

後で聞いたら、力は衰《おとろ》えたけど弓の腕は今も抜群らしい。

もちろん、重い立派な鹿を担いで帰ってきたのは、心配してついていったユリウスだった。

第六話「シャルパンティエ山の魔窟《まくつ》」

秋も深まる頃になると、『地竜の瞳』商会にも徐々に客足が増えてきた。

「ありがとうございましたー！　今日はごゆっくり！」

「はいよ、あんがとな！」

広場の向こう、ギルドの裏手に口を開けているダンジョンは、いつの間にか『シャルパンティエ山の魔窟』と言う通り名で広まっているらしい。

なんとかこの調子のまま、客足と売り上げが上を向いて欲しいところだねー。

ユリウスの話によると、徐々にダンジョンとしての評価が定まってきているみたいで、シャルパンティエにやってくる冒険者も、新しい物好きの人達から自分の力量と相談して答えを出した人達に変わりつつあった。

ギルドが流す情報も今はもう中身の方に比重が移っていたし、それなりに儲けるか、あるいは見切りをつけた人達がここを去り、それぞれの体験を方々で好き勝手に話す。こうして噂が世間に広まっていくんだ。

「『底は知れぬが、日帰りなら駆け出しにも出来る』、か。このような評価だと、初心者をようやく脱した連中と中堅の手前に二極化するか?」

「余所で楽に稼げてる連中がこちらへと足を向けるには少々弱いだろうが、出だしにしちゃ悪くねえんじゃねえか」

何故か最近、うちのお店で茶杯を傾けていることの多いユリウスとアロイジウスさまの話を聞きながら、わたしはカウンターの内側で仕入れた丸薬を小分けしていた。飲んで一晩寝ると疲れを取ってくれる効果があって、即効性《そっこうせい》はない代わりにポーションよりもずっと安いのでよく売れる。

「ジネット、もう一杯頼む」

「はあい」

店内にはいつの間にか小さなテーブルと椅子まで持ち込まれていて、お茶の要求までされるようになっている。昼間はお客の気配がないから、静かでいいらしい。

「昨日パウリーネさまと一緒に作った団栗の焼き菓子もあるけど、食べる？」

「ほう、それは懐かしい！　もちろん戴こう」

「アロイジウスさまも如何《いかが》ですか？」

「すまんな、手間を掛ける」

「はーい」

代わりに色々と裏話を聞けるし、おふざけと同じぐらいに真面目な内容も多いから、そこまで文句を言うつもりもないんだけどねー。それに店番とまではいかなくても、呼び鈴《りん》と番犬の代わりぐらいにはなっているので、奥で片づけ物が出来るのはありがたい……のかなあ？

勉強にもなる……なってる……ううん、させられてるのかなあって気分もちょっとはあって、これもお給金の一部かなって思ったりもしてる。


ユリウスが語ったように、『シャルパンティエ山の魔窟』も徐々に評判が広まりだしていて、中身の方もわたしの耳に入ってくるようになってきた。

第一階層は真鍮《しんちゅう》のタグ持ち数人のパーティーで無理なく探索《たんさく》できるけれど、稼ぎになりそうな獲物は少ない。行き会うのはモグラとネズミが合わさったような魔物やそれを食べる蛇の魔物がほとんどで、残念なことに魔晶石は得られないから、日帰りだと宿代食事代入宮料の合計に届かせるのは結構面倒くさいらしい。

第二階層は小さな魔族インプが魔晶石を落とすので、それなりに儲かる。その代わりに往復が大変——距離はそうでもないけれど、難所《なんしょ》が多い——で、そのあたりまで潜るとそこそこ強い蛇や昆虫の魔物も出るようだった。

第三階層への降り口はまだ発見されていないけれど、『魔晶石のかけら』亭では、そう困難なことにはならないっていう噂が流れている。

このようなわけで、第一階層なら赤銅の手前になる真鍮のタグ持ちだけの駆け出しパーティーでも冒険できるけど、もちろん、大儲けには繋がらないし油断は禁物だ。

ついでに付け加えると、このシャルパンティエには艶宿《つややど》などの遊び場がないので、ユリウスやアロイジウスさまの口にするそれなりに腕はあるけど何故かガラが悪い本物の三流冒険者や、彼らとつながりの深い裏の人々が居着くには面倒な状態が今も維持されているそうだ。

そもそも悪い人に目を付けられるほどシャルパンティエが発展していないってところもあるみたいで、しばらくは放っておくって言ってた。

これも初心者には朗報かな。いざこざが起きるほど、人が居ないせいもあるけどね。

そんなわけでシャルパンティエは、ある意味健全な成長を遂げつつあると、ユリウス達は判断している様子だった。


「……話は変わるが、昨日来たのは本物の初心者らしい。ディートリンデ君に聞いたが、真鍮に成り立てという話だ」

「ああ、酒場で見たぞ。装備がいかにも駆け出しだったのが気になってな、それとなく聞き耳を立てていたが、今日は様子見で日帰りにするらしい」

昨日の夕方来た『英雄の剣』のことだ。わたしは小さくうんうんと頷いた。

戦士二人に治癒術士《ちゆじゅつし》を加えた三人組で一番年かさの子でも十六歳、パーティーの名前は立派だけど、わたしにも、ああ、駆け出しなんだと思わせる初々《ういうい》しさがあって、幾らか余計な助言をしてしまった。

明かりの扱いや背負い袋に荷物を入れる時の順番、手間でも一杯奢《おご》って先輩から情報を聞き出すことの重要さ……。素直に聞いてくれてるといいんだけどね。

「念のため、アルノルトとディトマールが待機している」

「至れり尽くせりだな」

「せいぜいしっかり育てていくさ」

冒険者を育てるという言葉に幾つもの意味があると知ったのは、つい最近だった。

まず、冒険者自身とその周囲。彼らが育って大きく稼げるようになれば、いい部屋に泊まれるようになるし、装備も良い物に買い換えるから、落とすお金も大きくなる。

だからギルドは、損だと分かっていても初心者への援助を惜しまない。彼らが将来持ち帰る獲物や財宝は街を潤《うるお》すし、大きな依頼の達成は大きな利益に繋がった。

「しかし、この調子だと第三階層に辿《たど》り着くのはいつになるのかわからんな」

「第三階層への降り口か……。今はまだいいだろうが、あまりに誰も行かんようなら、捜索依頼を出すか賞金をかけて尻を叩いてやるのもいいだろう」

「……出すのは俺とギルドなんだがな」

その裏側なんて想像もしていなかったけれど、依頼料の一部は税として国や領主に納められるので、国が潤うだけでなく、冒険者はそのまま傭兵《ようへい》として数えられた。だから、冒険者が沢山いる国は戦争に強い……ってことになるらしい。

そんな彼らは、武器を持ったまま国内をうろうろしているのだけれど、王国はほとんど何も言わない。もちろん、ただ野放しにされてるわけじゃなくて、冒険者は国を潤すと同時に、依頼で治安を守る側にもなった。ギルドも悪評が立っては困るから、冒険者崩れの野盗《やとう》には普通の賊《ぞく》よりも高い賞金をかけて厳しく追い立てている。

アルールでもたまに大捕物《おおとりもの》があったかなあ。子供の頃に、アルール経由で西方諸国に逃げ込もうとして捕まった大泥棒がいて、大騒ぎになったのは覚えてる。

「悩ましいところだが、最初から高望みはせんと決めている。第一、致命的な……とまでは言えないが、シャルパンティエはまだまだ足りぬものばかりだからな」

「ふん。俺がくたばる前に迷宮の底まで辿りつけとは言わんが、あまりに進展がないのも退屈だ。そうだお前、ちょっくら行って何層かぶち抜いてこいよ」

「あのな……」

アロイジウスさま、流石にそれは……。

ユリウスも大いに呆れている様子で、これ見よがしにため息をついた。

「なに、見所のありそうな奴を数人連れて行きゃあ、そいつらの経験にもなる。深層突破の噂が流れりゃ、金払いのいい白銀《はくぎん》や黄金の連中も集まり出す。俺も暇つぶしになって旨い酒が飲める。……どうだ、いいこと尽くめだろう?」

「正味な話、四、五層までなら俺一人でも何とかなるだろうが……」

……あー、一人で何とかなるんだ。

引退してても流石は元魔銀《まぎん》持ち、さらりとすごいことを言い切ってる。

「そこまで行って帰ってくるだけじゃねえか。ケチ臭い」

「そこまで言うなら自分で依頼を出せばいいだろうに。『銀の炎』とアルノルト、ローデリヒにディトマール、この組み合わせなら俺抜きでもよかろう?」

さて、この分じゃお昼の軽食もわたしが用意することになるのかなと、整理を終えた丸薬の小袋を数えていると、扉の鐘がからららんと鳴った。

「いらっしゃ……パウリーネさま、こんにちは!」

「はいこんにちは、ジネット。あら、ユリウスくんもこちらにいたのね」

「パウリーネ殿、いつもご夫君《ふくん》をお借りしてすまぬ」

「なんだパウリーネ、どうかしたのか?」

別に慌てた風もなく、パウリーネさまはアロイジウスさまに小さな手紙を差し出した。

「今朝、鷹《たか》便でギルドに届いたんですって。ウルスラが持ってきてくれたんだけど、あなたが散歩に行ったまままいつまで経っても帰ってこないから、広場のお店を順に回ってきたのよ……」

「む、すまん」

鷹便は馬車で数日程度のそれほど離れていない距離でよく使われる郵便の一つで、手紙を運んでくれる使い魔――鳥の種類で鷹便、鳩便、隼《はやぶさ》便と名前は変わるけれど、ギルドで普通に手紙を送るのと違って専用の小さな巻紙に内容を書かないといけない上に、値段も随分と高かった。

代わりに配達の速度はずっとずっと早いから、使う人はよく使うらしい。

「ふむ。……ほれ」

「む？」

その巻紙が広げられたものにアロイジウスさまはさっと目を通し、そのままユリウスに手渡した。

「喜べジネット、パン屋が見つかったらしい」

「ほんとに!?」

念願のパン屋さん!!

わたしももちろん、カウンターから身を乗り出した。

「おう。差し出し人は北のシェーヌで酒場をやってる元冒険者でな、あっちじゃ顔の広い奴で、こういう時は頼りになる。見習いに毛が生えたようなのでよければ紹介してくれるそうだよ」

「ありがとうございます！」

「『洞窟狼』よ」

「うむ？」

「ヴェルニエの商工組合とパン屋連中には、俺の方から話を通しておいてやる。あとはお前が面倒を見てやれ」

「無論だ」

馬車何台分もの堅焼きパンの注文を二つ返事で受けてくれるだけでなく、全ての荷がヴェルニエを通ってくるシャルパンティエは、ヴェルニエに対して不義理が出来ない。

もちろん、先にヴェルニエのパン屋さんと商工組合には独立出来そうな人がいれば紹介してくれとは頼んでいたんだけれど、いい返事がなかったんだよね。

だから仕方ないんだけど、一言話を通しておかないと、そういうのは色々と後で面倒を引っ張ってくる……っていうのは実家でも経験済みなので、方々に顔がきくアロイジウスさまは実にありがたいお方なのである。

準備とか色々あって開業は少し先になるだろうけれど、冬の間もひからびていないパンが食べられそうで、わたしはほっと息をついた。


隠す話でもないので、パン屋さんが引っ越して来るという噂は、その日の内に一気に村中へと広がっている。

「いらっしゃいませー！　あ、『獅子《しし》のたてがみ』さん、お帰りなさい！」

「おう、ジネット嬢《じょう》ちゃん！　聞いたぜ、パン屋が来るんだってな！」

赤銅のタグ持ちで経験も豊富な『獅子のたてがみ』さんは、獅子の名にあやかって髭《ひげ》を伸ばしている三人組だ。ちょっと見かけはむさ苦しいけど、腕も良ければ気風《きっぷ》もいいので、皆から一目置かれている。

「そうなんですよ！　もう少し先になりますけど、シェーヌから来てくれるそうです」

「俺っちは焼きたてのパンに茹《ゆ》でたての腸詰《ちょうづ》めを挟んだ奴が大好物でな」

「わ、美味しそうですねー」

「おうよ！　今から楽しみでしょうがねえや」

「俺はあれだな、炙《あぶ》ってとろかしたチーズをたっぷり付けてだな……」

ユリウスと食事をするようになってから、ちょっと引きずられてるかな。最近と言わず、わたしもこの東方辺境の料理で気に入ったものが幾つもあった。

時々お魚も恋しくなるけれど、こっちはこっちで美味しい物が沢山ある。たまに『魔晶石のかけら』亭でも出されるけれど、香りの強い木で燻した鹿のもも肉、これを薄く切って晒《さら》しタマネギを包んだ肴や、川漁師さんが作るという名物の小早鱒《こはやます》の焼き干しはお気に入りだ。

「そうだ、忘れてたぜ。とりあえず、堅焼きパンを二十人前と……」

「はい、二十袋！」

おっとっと、お仕事お仕事。

最近は顔なじみのお客さんが増えてきたんで、つい雑談が弾《はず》んでしまう。

ご注文は、これがなくっちゃ始まらない堅焼きパンに干し肉、最近はうちの定番になってきた血止めの香油、あとはランタン油の小瓶が三つと、身体の疲れをとる丸薬が一袋。

「それから……飴玉とか、置いてねえよな？」

「飴!?」

「取り寄せにしても少しだけ、って訳にゃいかねえだろうが……」

「いっつも煎り豆や干し肉ってのも、寂しくてな」

「干しブドウや干しリンゴも悪かねえが、なんかこう、違うんだよ」

髭面《ひげづら》の困り顔でそんなこと言われてもこっちが困るけど、そもそも飴はお砂糖をたっぷり使うから、高い上にそこらのお店じゃ売っていない。グランヴィルならありそうだけど、ヴェルニエじゃあるかどうかも分からなかった。

もちろん、ヴェルニエよりは都会だったアルールでも扱っていたお店は一軒だけ、それも聖神降誕祭とかお年始とか、お祭りの時にだけ特別に売り出すような品物だ。

でもねえ、小瓶一つでもびっくりするほど高いけど、本当に美味しいんだよねー。

家族みんなで一緒に舐《な》めたから、思い出の味っ

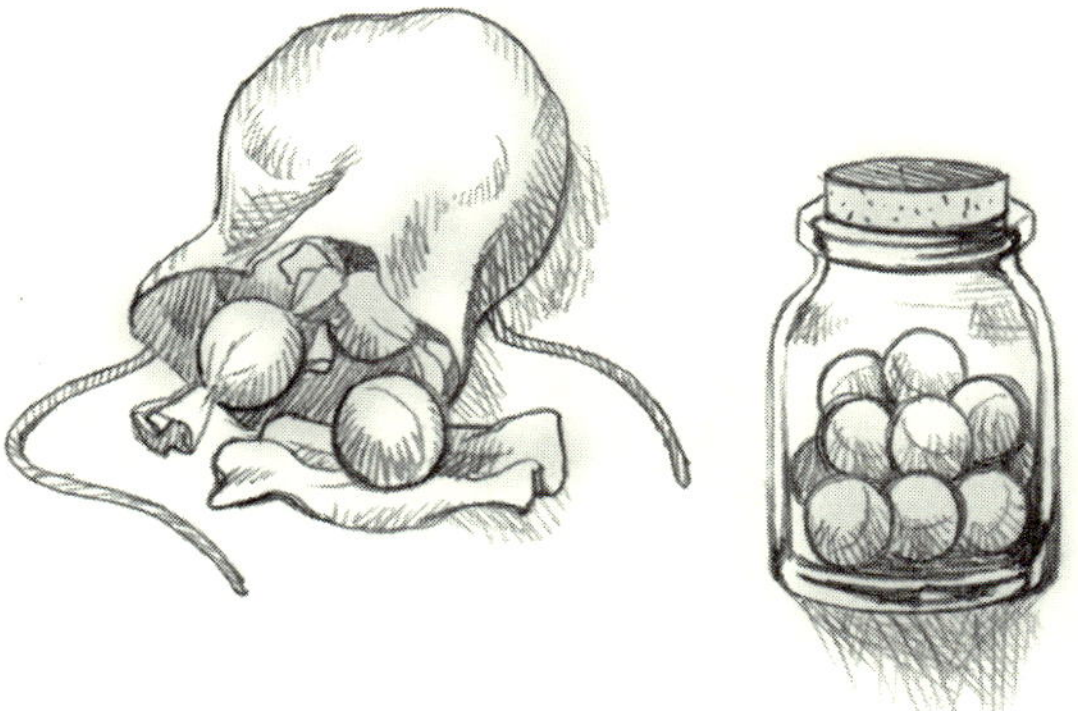

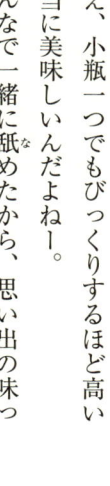

てことにもなるかな。懐かしいなあ……。

「ん、ジネット嬢ちゃん？」

「あ、なんでもないです」

おっとっと、ごめんなさい。

わたしの表情で、誤解させてしまったかも。

「いや、あー、そんな真剣に悩まんでくれや」

「前に稼いでたダンジョンはアツェットのすぐそばでな、名物の菓子屋が飴売っててよう」

「懐かしいなんて話してただけなんで、まあ……」

アツェットはこのヴィルトール王国の北の奥、とても大きな都市だ。確か、とても深いダンジョンがあったはず。

「いえ、こちらこそ……。でも、もしも手に入りそうなら、真っ先にお知らせしますから！」

「おう、頼まあ」

「ありがとうございましたー！」

「また飯時《めしどき》にな！」

「はーい！」

かららんと扉が閉じられるのに合わせて、わたしは小さなため息をついた。

「……」

もちろん、『獅子のたてがみ』さんが悪いわけじゃないけれど……どうしてくれよう。

……んもう、わたしまで飴が食べたくなってきたよ！

第七話「懐かしい来訪者《らいほうしゃ》」

秋もさらに深まって木々が色づいた頃、ユリウスが時折、自分で依頼を出して集めた冒険者を引き連れ、熊狩りに出掛けるようになった。

単に狩るだけなら雪降りの直前が楽なんだけど、今の時期は肝《きも》が大きくなるし毛皮も艶が良くて引き取り値が高い。

冒険者にも、洞窟探索の合間の気晴らしとちょっとした小遣い稼ぎになるようで、割と楽しんでいるらしい。なにせ引退したとは言え、熊ぐらいなら一刀《いっとう》のもとに下しちゃう元冒険者が同行しているので、少人数でも危険は少ないいんだって。

ちなみにわたしは店に持ち込まれた毛皮や肝を査定《さてい》して、ヴェルニエ行きの馬車が来たらそれを預けるのがこの秋定番のお仕事になった。

「ラルスホルトくんが来てからでも、アロイジウスさまご夫妻にパン屋のディータくんイーダちゃん兄妹《きょうだい》……人が増えたねー」

「まあな。順当と言えば順当ではあるが……」

「あら、もったいぶった言い回しね？」

「この人集めには、ちょっとしたからくりがあるからな」

「ふーん？」

わたしは店の中にどーんと積まれた樽詰めの堅焼きパンを奥に片付けながら、ユリウスに胡乱《うろん》な目を向けた。

ディータくんのパン屋さんは、パン焼き窯《がま》もまだ火入れしていないし、内装も手が入ってないので開店準備中だった。あっちも今頃は、小麦の袋がいっぱい届いてたいへんかも。

本格的に仕事に入れるのは冬が来る直前、今冬の堅焼きパンはヴェルニエに頼った方がいいと皆で話し合って決めていた。

「……【魔力よ集え、浮力と為せ】」

ちなみにさっき、ルーヘンさんと合わせて四人の御者さんが馬車を連ねて持ってきてくれたパン樽は〆て二十個、ユリウスが店番を引き受けてくれたので、お茶を出して労っている。本人は番犬の代わりにしかならんぞなんて言ってるけど、接客はともかく、用心棒どころか王城の門衛《もんえい》してる騎士様ぐらいには頼りになるって思うよ。

「よいしょ、っと」

このパン樽の中身が売りきれる頃には、堅焼きパン販売の権利をディータくんのお店に譲ることになっていた。

……正直言って、早く譲り渡したいところ。商売敵《がたき》が居ないので仕入れた分は綺麗に売れていくんだけど、この量の荷運びと個包装《こほうそう》を一人でやるのはちょっと大変なんだ。

「ジネットは少し特殊だったが、今は店を出したいと思っている者を先に調べてから声を掛けているし、釣り上げるのに援助する約束も含ませている。だからそれ以外の者……例えば農家が越してくると言ってきても、今は断らざるを得ないぐらいだ。……領内で麦を産するという意味は『孤月』にさんざん吹き込まれているが、まだ第二の村を出すような状況にはないからな」

「そんなお話してたっけ？」

「ん？　ああ、これは酒場で話したことか……。すまん、ジネットはいなかったかもしれん」

ヴェルニエとの領境近く、湖のあたりに村があれば宿場《しゅくば》にもなり、徒歩の冒険者が足を向けるように仕向けられるのだがと、ユリウスは微笑んだ。

確かにね。声を掛けたからって、必ず誰もがシャルパンティエに来てくれるわけじゃない。

わたしも事情があったからここに来たし、営業許可証に釣られたわけだ。もちろん店舗の用意から筆頭家臣の給金まで、十分すぎるほど援助を受けている。

「新しく開墾《かいこん》するにしても、山手にあるこの集落で麦畑を作るのは難しい。……平地がないからな。湖の近くなら都合はいいんだが、まだ討伐も行《おこな》っていないから、どちらにしても先の話だ。樵《きこり》や木工職人、漁師に狩人、もちろん農家もか……。あのあたり、いわゆる『普通の村』を作るにはいい立地なんだが、とても面倒を見る余裕がない。今のところは、ここに居《きょ》を構えても仕事になりそうな樵と炭焼き職人を探しているところだ。狩人はいるが、その日の気分で猟に出たり出なかったりする奴だから、そちらも来るなら歓迎するが……」

狩人でもあるアロイジウスさまは、腕は抜群でもお年がお年だし、無理させちゃだめだよね。

「んー、そっか。ね、薬草師さんならどうかな？　ここで薬草を作って貰うとか？」

「ふむ。……薬草畑は魅力的だが、薬草師は元々少ない上に専門職になるから農家以上に呼びにくいな。山に育つ薬草は余所でも需要があるし、薬草師なら採取の依頼にも繋がる。来てくれると言うなら諸手《もろて》を挙げて歓迎するが……。ジネット、誰か知り合いでもいるのか？」

「こっちには居ないわね……」

薬は需要も途切れないし利益も大きいから、両親が亡くなった後、アレットはほんとにうちの支えだったよ。

みんな、元気にしてるかなあ……。

「うむ？　アルールなら誰かいるのか？」

「そりゃあ地元だし。っていうか、上の妹がそのまんま薬草師だよ。ただ……実家の稼ぎ頭《がしら》だから、引き抜きは無理ね」

「……そうか」

夏に貰った返事の返事もまだだったっけ。お兄ちゃん達はどうしてるだろう。

だから、冬ごもり前になったらまた久しぶりに手紙を出そうかなと、その時は考えていたのだ。

そんな話をしていた数日後。

からからぱかぱかといつもの馬車音が小さく聞こえてきたので、わたしはルーヘンさんを迎え入れようと、丸薬を入れる小袋を作っていた手を止めた。仕入れた端切《はぎ》れで作る丸薬の小袋は魔晶石の入れ物に重宝《ちょうほう》されていて、戻ってこないどころか別で注文が入るほど……って、そうだった、端切れもそろそろ仕入れなきゃ。発注書に追加しておこう。

店内を見回し、片付いているのを確認する。パン樽の総数は調整中だけどそれでも毎回三つ四つは運ばれてくるし、それ以外の品物もどんどん届く。下着類やロープ、防水の背負い袋なんかは割に嵩張るので、ユリウスが持ち込んだ椅子と小テーブルは荷が来る前に片付けていた。

最近はちょっと寒くなってきたおかげで、長袖の下着がよく売れるんだよね。

「お疲れさまでしたー」

「おう！　そっちこそお疲れさまだ。そこの店だぜ！」

「ありがとうございます」

あれ、若い女性の声がする。

ルーヘンさんの荷馬車、今日は誰かを乗せてきたらしい。

人数が多いと別の馬車を雇わないとだめだけど、荷物の多い日でも一人までなら運賃と引き替えに乗せてくれる。たまにヴェルニエのギルドの人が、ディートリンデさんを悩ませる書類束と一緒にやってくるぐらいだけどね。

でも、どうも耳馴染《みみなじ》みのある声だ。

興味を惹《ひ》かれてからんと扉を開ければ、ルーヘンさんと一緒に冒険者姿の若い女性がこちらを向いた。

……って、えっ!?

「おう、ジネットさん！」

「あ、お姉ちゃん！」

「ア、アレット!?　な、なんで？」

「お姉ちゃん、久しぶり！　髪伸びたねー」

「そりゃ伸ばしてるし……って、そうじゃないでしょう」

ほぼ一年ぶりだというのに、この子は……。

相変わらずの妹に、わたしは驚いた気分がすっ飛んでいってしまうほど脱力した。

とにかくアレットを迎えいれ……る前に、届いた荷物をなんとかしなきゃ。

「あたしも手伝うよー」

「ありがと。今日は少ないから、ちょっと楽かな。ルーヘンさん、こっち側の全部でいいんですか？」

「おう。今日はパン樽が四つに、旅行李一つだよ」

実はまたちょっと、冒険者が増えて。

話し合いの結果、本当に命を繋ぐための品物だから余るぐらいで丁度いい、なんて理由で余分を見過ぎているパン樽はともかく、他の商品はまた見積もりをし直さなきゃいけなかった。嬉しいけれど、間際《まぎわ》に駆け込まれると大変だ。

「はい、間違いないです。……【魔力よ集え、浮力と為せ】」

「あれ、お姉ちゃん、荷運びの魔法？」

「まあね。こっちきてから覚えたの」

「じゃあ、あたしもー。【魔力よ集え、浮力と為せ】」

浮いた樽がぶれてない上に、一度に二個を持ち上げてるし。

うん、流石にアレットは手慣れてる。ちょっとくやしい。

「今日はもう閉めるし、店先に積んでおけばいいからねー」

「はあい！」

それにしてもねえ……。

いやもう、ほんとに驚いたけど、今夜は……そうね、せっかくだし、奮発《ふんぱつ》して『魔晶石のかけら』亭に二種類あるワインのうち、上等ので歓迎してあげよう。

ふふ、嬉しくてしょうがないのは、わたしの方かもね。


「ほう、彼女があの時話題に出ていた……」

「うちはお兄ちゃんの後四人も娘が続いて、それから小さい弟が二人の七人兄妹なの。わたしが三番目で次女、アレットが四番目で三女だよ」

もちろん、ユリウスにも相当驚かれている。

でも、薬草師を歓迎すると言ったのは本当だったようで、彼はえらく喜んでいた。

あの強面に緊張していなかったアレットはちょっと凄いなと思ったけれど、あとで聞いたら、お姉ちゃんが気軽に話してるからまさか領主様だとは思わなかったって、すっごい勢いで怒られたよ。

みんなに紹介した時、わたしがアロイジウスさまには丁寧に接していたせいもあって、アレットはそちらが領主様だと思ってたらしい。……うん、ごめんとしか言い様《よう》がない。

「アレットは薬草師をして長いのか？」

「母の手ほどきからだと、六、七年になります。王国の免状を授けられてからだと、三年半ぐらい……だよね、お姉ちゃん？」

「うん、そのぐらいだったと思うよー」

とりあえずアレットが住むのはうちの二階で、当面は実家にいた頃と同じ様な感じで住み込みの雇われ薬草師をすることになった。もちろんのこと、アルールから遠路遥々《えんろはるばる》とやってきた大事な妹を放り出したりするわけがない。

「ところでさ、アレット」

「なあに？」

「どうして家を出ちゃったのよ。……お兄ちゃん達と何かあった？　それとも、リリアーヌさんと上手くいかなかったとか？」

「リリアーヌさんはいい人だよー。ブリューエットも下の子達も懐いてたし、お店も家もお姉ちゃんが出て行ってからちょっと暗くなってたけど、雰囲気が明るくなったし上手く回ってた……と思う。んー、お姉ちゃんと同じ様な理由かなあ」

「持参金《じさんきん》？　アレットならもう少し余裕がありそうだけど……」

もちろん、実家にお金の余裕はないから時間の方ね。

「それはそうなんだけど……言い訳をつけてでも、外の世界を知りたかったたっていうか、一人立ちしたかったたっていうか、なんていうか……」

「ジネットの妹らしいと言えば、らしいか」

「……まあ、気持ちは分かるかな」

わたしと似たような心持ちなら、人数の多い兄妹で育ったせいで、逆に独立心が強くなっちゃったのかもしれない。……その割に寂しがり屋なところもあるらしいのは、最近やっと自覚した。

台所はきちんと使えるようになったけど、相変わらず夕食はこの『魔晶石のかけら』亭でユリウスと食べているものね。彼がシャルパンティエに居ないときは、ちょっと遅めにしてギルドの皆さんに混ぜて貰うことが多いかな。

「そだ、旅費とかはどうしたの?」

「んっふっふー!」

アレットは勝ち気に微笑んでわたしに似た瞳を光らせ、懐から何かを取り出した。

「えっ!? 真鍮のギルドタグ……?」

「これでも母さん仕込みだからねー。あたし、威力と手数《てかず》だけなら青の魔法使いと同じぐらいなんだよ、お姉ちゃん」

「へ?」

「錬鉄《れんてつ》と青銅《せいどう》の認定試験も免除だったし、身元はこれ以上ないほど確かだからって、イヴェット姐《ねえ》さんがギルドマスターの裏書きを貰ってきてくれたんだー」

仲がいい。

「ほう、大したものだな……」

イヴェットはわたしの幼なじみで、アルールのギルドで受付をしている。アレットとももちろん仲がいい。

「あんた、そんなに魔法の練習してたっけ？」

「してないけど、魔法は毎日使ってたもん」

「あー、魔法薬ね……」

毎日毎日魔法を使っていれば、自然に魔力が伸びていっても不思議はないか……。

それにしても赤橙《だいだい》黄緑青藍《あい》紫、上から三番目とは恐れ入りました。家を出る前はわたしが橙でアレットが黄色で、追いついたと思ってたのにちょっと悔しい。

「でもダンジョンのことなんて分からないから、イヴェット姐さんがグランヴィルまで護衛のお仕事を取ってくれたの。旅費は向こう持ちだったし……あ、お姉ちゃんが教えてくれたキルシュトルテのお店にも行ったよ！」

「美味しかったでしょ、あれ！」

「うん！　うん！　すっごい美味しかったよ！　あ、そうだ、ちなみにね……」

「なあに、もったいぶって？」

「護衛のお仕事って、マリー様の護衛だったの！」

「マリー様の!?」

マリー様ことマリアンヌ・ラシェル殿下《でんか》は、うちの実家があるアルールの王太子《おうたいし》殿下の一《いち》の姫にして国王リシャール二十四世陛下の孫にあたられるお方で、かわいくて元気なお姫様だ。わたしもお年始にあるお祝い行列の馬車に向けて、手を振ったことぐらいはあるけど……。

「うん。グランヴィルまで一緒に旅をして、離宮《りきゅう》でリシャール陛下やヴィルトールのヴィルヘルム『白竜王《はくりゅうおう》』陛下にもお会いしたよ」

思わずユリウスと顔を見合わせて、ため息を重ねてしまう。

「あんた、ほんと何やってんのよ……」

「俺もまだ『白竜王』陛下に謁見《えっけん》したことはないのだが……」

「ね、すごいでしょ！」

腰の『翠玉《すいぎょく》の魔杖《まじょう》』――わたしの右手にある指輪と同じで、母さんの遺品だ――をぽんと叩いて、アレットはまた笑顔を作った。

この図太さは、わたしと同じく母さん譲り……ううん、アレットはわたしより確実に図太いな。

そういうことに、しておこう。

夕食ついでにアレットをみんなに紹介してお店に帰ってくると、二階の廊下にまで積まれたパン樽に彼女はたっぷりと呆れた。

「倉庫だけかと思ったら、二階の奥まで!?　こんなに数仕入れてどうするのよ、お姉ちゃん……」

「村ごと冬ごもりになっちゃうからね、仕方ないの。売り切って部屋が空いたら、一部屋使っていいからねー」

「うへぇ……」

肩を落としたアレットに、明日からは二人で頑張ろうと声を掛けて寝室に案内する。

荷物の整理もシャルパンティエのことも、明日にしよう。

「お姉ちゃんと一緒に寝るのって、久しぶりだねー」

「そだね。手紙はまた送ろうって思ってたけど、アレットが来るなんて考えもしなかったわよ……」

口にはしないけど、久しぶりに仲のよかった妹に会えてわたしも嬉しいわけで。

ワインがちょっと進みすぎたかも、しれない。

第八話「薬草師のいる店」

薬草師の免状を持つアレットが来てくれたおかげで、これからはうちのお店も出来合いのお薬を仕入れなくて済むようになった。

「はいよ、四グロッシェンと三ペニヒ」

「はい、ありがとうございます!」

これは『地竜の瞳』商会にとって、ものすごい強みだ。薬草師が居れば対応の幅がぐっと広がるからお客さんの安心感や信頼に繋がるし、お店の側にもお薬を作る手間賃がそのまま利益になって帰ってくる。

本人は適当でいいよーとのんびりした返事だったけど、わたしはもちろん、アレットのお給金を実家にいた頃より増額することにした。

ユリウスからお金を借りているけれど、その返済の為にアレットに寄りかかるなんて恥ずかしすぎる。だから、一人前のお給金を出すのは当然のことだ。

もちろん、生まれたときからずっと一緒の家に暮らしてきて気心の知れた姉妹二人、何が変わるってわけじゃない。

「さて、ちょっくら稼いでくるわ」

「ありがとうございました！　いってらっしゃーい！」

最近シャルパンティエにやってきた『祝祭日《しゅくさいじつ》の屋台』さんをダンジョンに送り出してしばらく、二階の作業場を片づけていたアレットが、とんとんと降りてきた。

「お姉ちゃん、小瓶の仕入れって、こっちだとどのぐらいの相場になるのかな？」

「ごめん、ちょっとわかんない。えーっと、赤の傷薬の小瓶が中身込みの仕入れ値で一グロッシェン半だったかな」

「じゃあ、あんまり変わらないかなあ」

アレットも流石に全部の商売道具は持ってこられなかった様子で、替えの利かない幾つか以外はこちらで買う算段をしていた。大荷物になるようだったら『パイプと蜜酒』亭のマテウスさんに頼めばいいと教えてあるので、そのあたりは上手くやるはずだ。馬車代ぐらいはすぐに元が取れるし、アレット自身もなんだかやる気になっている。

ちなみに赤の傷薬は一番安い部類の魔法薬で、大きな回復力はないけれど血止めと消毒の効果がしっかりあるおかげでよく売れた。とにかく血止めさえ出来ればそれ以上の消耗が避けられるし、神官さんの神聖治癒や治癒術士さんの魔法治癒を受ける時も魔力、あるいは代金が少なくて済む。

中堅以上の探索パーティーだと回復役は必須だけど、必ず居るとは限らないし、魔力切れになることだってあった。運悪く回復役が倒れてしまうこともあるからね、やっぱりお薬は大事だよ。

「アレット、足りない道具って、何と何？」

「小天秤《しょうてんびん》や計量匙《さじ》みたいな旅道具しかないから、どっちにしても注文になると思う。乳鉢《にゅうばち》は数が欲しいし、小瓶とかグロスで幾つって数だもん」

「お金は大丈夫？　少しぐらいなら出せるよ」

「そこまで大きな買い物にはしないよ。最低限のことは今もできるけど、それこそ何年も掛けて買い揃えるつもりだし」

薬草師は、利益も大きいけど道具も高い。

実家に置いてきたという道具だって、母と彼女が長い時間を使って集めたものだったはず。

思い切りが良いなあって思う。……まあ、これに関しては、あまりアレットのことは言えないか。

「話は変わるけどさ、持参金はともかく……アレットがいなくても、あっちは大丈夫そう？　お兄ちゃん達、苦労するんじゃないの？」

「大丈夫だと思うよー」

「どうして？」

「リリアーヌさん、薬草師の免状持ってたし」

「え!?」

それは驚きだ。

思わず帳簿をめくっていた手を止めアレットの方を振り返れば、何かを思い出すように彼女は天井を見上げていた。薬草師は覚えることが多いからそう簡単に取れるわけないし、魔力だってそこそこ必要なんだけど……。

ああでも、そんな理由でもなきゃアレットが旅に出られるはずないよね。彼女の作る魔法薬が、実家の屋台骨《やたいぼね》だったのも間違いないし。

「嫁《とつ》ぐ前……って言うか、お兄ちゃんと知り合う前から、村でお仕事してたみたい。ほら、リリアーヌさんの実家がある国境《くにざかい》の村って、山手の村と同じで薬草育ててるから……」

「ごめん、リリアーヌさんのこと全然興味……じゃなくて、心配してなかったから、どんな人かも聞いてなかった」

「……だよねえ」

出ていくわたしにはリリアーヌさんへの遠慮もあって、ちょっと距離を置くようにしていたからね。小姑《こじゅうと》は嫁いできたお嫁さんの天敵になるって、近所のお婆ちゃんも言ってたかな。

もちろん、実家のことは気に掛けていたけれど、貰った手紙にはみんな楽しくやってますって書いてあったから、それほど心配していなかった。……本当ににっちもさっちもいかないほど状況が悪いなら、この子が手紙に書かないはずがないって信頼もあるよ。

「まあ、そんなわけでね、同じ店に薬草師は二人もいらないし、あたしも割と気楽にジネットお姉ちゃんのところまで旅に出られたのよ。後は……ちょっとね」

「ん？　話してよ」

遠慮なんかいらないのになあ。

今更でしょうにという視線を向けると、ふうっと息をついたアレットは、天井を見上げて寂しそうに笑った。

「リリアーヌさんってね、ほんとに優しくてお兄ちゃんにはもったいない人なんだけど……」

「うんうん」

「優しすぎて、世話好きの度が過ぎるっていうか何というか……」

「あー、息が詰まっちゃったか……」

「まあ、うん、そうなるのかな。それだけじゃないけどね」

うちの姉妹は、どちらかと言えば妹の世話を焼かない方だった。世話を焼く暇があるならお店のお手伝いって感じで、わたしが小さい頃も、子守だかお仕事中だかよく分からない状態のジョルジェット姉さんに面倒を見て貰っていたような覚えがある。

それが私とアレット、アレットとブリューエットと、順繰《じゅんぐ》りに三回繰り返されたわけで、うちの姉妹は似たような育ちになっている。

あ、でも、ブリューエットはリリアーヌさんといい関係が築けているかもね。

母さん達も亡くなって、姉達が家を離れてしまったせいもあるけれど、彼女はまだ甘えが許される年頃だし、同時にそれが必要な年頃でもある。

「ほんと、いい人なんだけど……ちょっとしんどかったかも。その上お仕事被ってるし、ブリューエット達も懐いてるし、あたしが居なくても平気かなって……」

「そっか……」

「……急にお姉ちゃんに会いたくなったせいもあるよ」

あー、もう。……可愛いこと言うなあ。

そのまま抱きついてアレットの頭を撫《な》でる。昔はよく、こうして褒めたり慰《なぐさ》めたりしてたっけ。

「わたしも会いたかったよー」

「うん、ありがと。……あのね、お姉ちゃん」

「なあに？」

「あたし、まだまだ子供なんだって分かっちゃったよ」

「……子供ってほどでもないと思うけどね、アレットは」

この子は薬草師の才能があったし、努力もしている。その上で稼ぎ頭として、実家が一番苦しかった時期を懸命に支えてくれてたんだから、お姉ちゃんとしては心苦しい。

「ありがと。でも、早く大人になりたいなって」

「あー、うん。……そっか」

うん、確かに『子供』だ。大人は早く『大人』になりたいなんて、思わない。

アレットと同い年ぐらいの時のわたしは、もっと子供だったけどね。

「アレット、一ついいことを教えてあげる」

「なあに」

「『大人』になると……ううん、大人になるほどね」

「うん」

「自分はまだまだ『子供』だなあって思うことが、増えていくんだって」

「そうなの？　お姉ちゃんも？」

もちろんと頷いて微笑む。

今更甘えたりなんて出来ないし、そんなこと気にしていられない場面の方が多いし、恥ずかしすぎて態度には出せないけれど……やっぱり、わたしもまだまだ子供だろうなあ。

そりゃあ、わたしの歳なら十分に大人と世間からも見られるし、それに応《こた》えるのが普通だ。

だからって、その心のあり方は人それぞれ違うわけで、同い年の人なのに子供っぽいなと思うこともあれば、年下に大人を感じることもあった。……その上で、子供っぽい態度や外見に反してしっかりと役割をこなし誰かを導くような人も、言葉と見かけは立派でもふざけてるのって言いたくなるほど不愉快な人もいるのだから、世の中はそんなものなのかなあと思ったりもする。

「でもね、これはとても大事なことで……そこで、どうせ子供だしってなるのが子供、苦しいと思うのが若者なんだって」

「じゃあ、大人は？」

「ふふ、自分で考えなさいって言われて、教えて貰えなかったよ」

「……そっか」

そうなんだよ。……わたしだって、未だによく分かってないし。

でも、一つだけ知っていることもある。

大人なんてなろうとしてなれるものじゃないけれど、子供も子供のままじゃいられないってこと。

アレットもすぐに気がつくと思うけれど、言われて変われるものじゃないし、押しつけていいものじゃないから、ここは黙っておこうかな。

あ、今のわたしって、ちょっと大人っぽくない？

……なんて考えてるところが、たぶんまだまだ子供なんだろうね。

「ところでさ、お姉ちゃん。昨日から聞こうと思ってたんだけど……」

「なあに？」

「お姉ちゃんって、領主様のお手つきなの？」

……。

流石にそれは、お姉ちゃんもすぐ返事が出来ないよ。

「え、えっと……じゃ、お仕事してくるね」

「……ちょっと待ちなさい、アレット」

はっと何かに気付き、二階に逃げ出そうとしたアレットの手をつかまえる。

「アレット」

「は、はい『ジネット姉さん』！」

冷や汗を流すアレットに、ずいっと顔を寄せる。

わたしとユリウスはおつき合いしてるわけじゃないし、これからずっとからかわれ続けてはたまったもんじゃない。

ここはきっちりと、話をつけておこうじゃないのよ。


「ユリウスに告げ口《つぐち》なんかしたら、朝食はアレットの嫌いなオートミールが添え物なしで春まで続くからね！　いい？　わかった？　返事は？」

「ううっ。もうわかったってば。……いってきます」

「はい、いってらっしゃい」

翌日までに、わたしの片思いだということを納得させてルーヘンさんの馬車でアレットを送り出し、ほっと一息。ついでに私物と、食材やワイン、お店で使う小物なんかの買い物も頼んだけれど、それはまあいいか。

「……はあ」

アレットが鋭いのか、わたしが分かりやすいのか。

……なんでばれたかなあ、ほんと。

彼女は二泊の予定で出掛けていったので、わたしはその間に部屋の模様替えをすることにした。

片付いてないってわけじゃないけれど、一人暮らしだとどうしてもわたしの都合だけで家を回すことになるからね。

帳簿付けや家臣のお仕事はカウンターで出来るようにして作業場は彼女に譲ったけど、私室も早めに……用意してあげられるといいなあ。もちろん、お店だけじゃなくて、台所と食堂も二人で使いやすいようにしなきゃいけない。

「そろそろ本格的に冬の準備もしなきゃなあ……」

物ばかり集めてほったらかしにしてしまってるけど、お店の準備とは別に生活の方もなんとかしなくちゃ。雪深いシャルパンティエだと薪《まき》でも炭でも木ぎれでも、ともかく燃料の切れ目が命の切れ目、普段は棚に置けない背負子《しょいこ》の展示台になっていて壁板に隠れてる組付け暖炉《だんろ》の用意もそろそろ必要だ。……たぶんユリウスは、その手前にテーブルを移動するんだろうなあ。


からららん。

目に付いたところから冬の用意をしている時に入ってきたのは、小さな女の子だった。

「おはようございます！　パンのお届けです！」

「おー、おはようイーダちゃん。ありがとねー」

『猫の足跡』亭と、無事に名前の決まったディータくんとイーダちゃんのパン屋さんは、いまのところお試し期間中だった。

なんでも街の中とは天気も気温も湿気も、ついでに水の味も空気の濃さも全然違うので、ディータくんは発酵《はっこう》の時間や温度、パン種《だね》の種類を変えて美味しいパンを目指してるらしい。うん、流石は職人さんだね。ラルスホルトくんもだけど、お仕事に真っ直《す》ぐだ。

この兄妹、ディータくんが十八歳でイーダちゃんがなんと十二歳。もちろん、イーダちゃんがシャルパンティエの最年少だ。

店長のディータくんは、ヴェルニエの北にある大きな辺境都市シェーヌのパン屋さんで徒弟《とてい》として頑張ってたんだけど、そこにアロイジウスさまのお友達から声が掛かったらしい。

あっちの親方からは、『この店は息子が継ぐからお前にはやれないし、普通のパンと堅焼きパンが焼ければ先方は文句がないらしい。店持ちになる機会はこれを逃したら無いと思え』って、励《はげ》ましの言葉とともに送り出されたそうだ。

イーダちゃんの方は、そのままお兄ちゃんについてやってきた。

よく親が許したなあと思ったら、ご両親は早くに亡くなられていて、教会付属の孤児院で二人して支え合ってきたという。小さいのに一生懸命で働き者のイーダちゃん、お姉さんとしては頼りになってあげたいところだ。

「あら、今日は長い形なのね？　うちの実家はこういうパンが多かったから、ちょっと懐かしいかも」

「そうなんですか？」

「うん。わたしとアレットはアルールの出身だからねー」

「へえ……。お兄ちゃんは、焼き時間を加減するのに形を変えたって言ってました」

ヴィルトールだと人の頭よりちょっと小さいぐらいの円《まる》くて大きいパンと、握り拳《こぶし》ぐらいの小さいパンが主流で、アルールを含む西方諸国だとわたしの肘《ひじ》から先と同じくらいの細長いパンが多い。麦の配合も違うのかな、こちらだと何種類も混ぜて複雑な味になってる。

どっちもそれぞれ美味しいし、わたしは毎朝毎晩堅焼きパンじゃなければ文句はない。

「あ、でも、アレットさんがお出かけ中なのに、いつもと同じ数でよかったんですか?」

「うん、大丈夫よ。蜂蜜塗って差し出すと、美味しく食べてくれる人がよく来るから」

「はちみつ?」

窓の向こうに髭面の大男がやって来るのが見えたので、ほらあれよと指を向ける。

ほどなくからららんと扉が開いて、イーダちゃんは小さくあっと声をあげた。

「邪魔するぞ、ジネット。……おお、イーダは配達か、ご苦労様だな」

「お、おはようございます、領主様っ」

「うむ、おはよう」

何か言いたそうなイーダちゃんに、軽く片目を瞑《つむ》っておく。

「おはよう、ユリウス。……このパン、まだあったかいんだけど、食べてく?」

「ああ、すまんな。蜂蜜を塗ってくれると嬉しい」

「はあい」

ほらね。

ユリウスはわたしの何倍も食べるから、朝食じゃなくてちょっと早い午前のお茶かもしれないけれど。

ふふ、よくみると、目尻《めじり》が少しだけ下がってるのよ。

アレットのいない二日は本当に何事もなく過ぎ去り、彼女が帰ってきた翌日、我が家はディートリンデさんを迎え入れていた。

「こんばんは、ジネット。遅くなってごめんなさいね」

「いえ、こちらこそ、お忙しいのにわがまま言って。……っと、ようこそ、ディートリンデさん！」

「ふふっ。はい、お招きありがとう、お邪魔いたします」

二人で顔を見合わせてくすくすと笑み交《か》わし、食堂へとご案内する。

アレットの歓迎と紹介を兼ねて、今夜は特別にご招待。……ほんとはユーリエさんにも来て欲しかったんだけど、短い時間――お昼のお茶ぐらいなら大丈夫でも、お仕事の兼ね合いもあってこの時間に全員が集まるのは無理だったんだよね。

ウルスラちゃんとイーダちゃんは残念ながらまだ『お酒』って歳でもないし、パウリーネさまも夜遅くにお呼びするのは躊躇われたので、お茶会用に何か作るから材料も買っておいでとアレットには書き付けを渡して買い物を頼み、干した果物やナッツがいっぱい入ったふわふわの焼き菓子を昨日のうちに用意している。

「ディートリンデさん、いらっしゃい！」

「こんばんは、アレット」

流石に主賓《しゅひん》だからと座らせておく余裕はなくて、アレットにも料理を手伝って貰っていた。

今夜のテーブルの主役は先日パウリーネさまから教わった『根菜たっぷりの肉団子シチュー・酢漬けの赤カブ添え』で……ふふっ、まあまあ上手くいったかなと思う。味見したアレットも、味付けは気に入ったみたいだし。

もちろん、アロイジウス家の引っ越し祝いの時と同じじゃ流石に申し訳ないので、副菜の方も頑張って手を掛けた。

サラダは茹でたニンジンやカブに炒り卵を添えて、うちの庭で採れた……というか、パウリーネさまに教えて貰いながら間引《まび》きしたケアベルの若い葉を散らして彩《いろど》りもばっちり、そこに母さん仕込みのアルール風——手に入らなかった貝柱の代わりに、香辛料たっぷりの干し肉を戻し汁ごと使ったからシャルパンティエ風……？——の炒めタマネギのソースをたっぷりとかけ、おまけに取り寄せた山羊のチーズを食べやすく切って添えてある。

これにマッセル・ノンネと銘《めい》の入ったヴィルトール中部産のワインと、もちろん、食後にもお楽しみが用意してあった。

さあさあどうぞと座って貰い、早速ワインのコルクを開ける。

「……もしかして、ジネットって料理上手だったりする？」

「料理と家事はずっとやってましたけど、ジョルジェット姉さん……姉の方が上手かったような気がします」

自信がないわけじゃないけれど、もっと上手な人を知っているとねえ……。

「お姉ちゃんも上手な方だと思うけど……」

「アレットはもうちょっと頑張ろっか。もっと難しいポーションの調合は上手いんだから、やれば出来ると思うんだけどなあ」

「そ、そのうちね……」

この子もいずれは嫁ぐなり、薬草師として一人立ちするはずで、それまでには何とかしてあげたいとわたしは思っているけど、それも難しい。

料理でも他のことでも、本人がその気になるか、わたしのように追い込まれないと、覚えるだけでも大変だ。薬草師のお仕事を減らそうにも、そっちは本気でやる気になってる彼女だから、無理強《じ》いもよくないしね……。

「さ、乾杯しましょ。ジネットのお料理が冷めちゃう」

「はい」

うん、そうだ。考え込むのは今じゃなくていいや。

「じゃあ……遠くアルールから来た妹と、忙しいのに時間を割《さ》いてくれたギルドマスターに」

「料理上手な筆頭家臣殿と、期待の薬草師殿に」

「あたしを温かく迎え入れてくれたシャルパンティエに」

……乾杯。

食事はもちろん楽しく進み……というより笑いすぎて涙が出るほど楽しかったけど、年頃の女性が三人集まると、どうしても『そっち』の話になってしまうわけで……。

「ディートリンデさん、お姉ちゃんはこの通りですけど、ユリウス様の方はどうなんですか？」

「正直なところ、微妙ね。もちろん、ジネットが好かれているのは間違いないでしょうし、気を許されていると思うわ。ただねえ……」

「何か問題があるんですか？」

「何もないのが問題なのよ……」

そんな可哀相《かわいそう》なものを見る目をしながら二人同時にため息を向けられても、困る。

わたしとユリウスの間……って言っても、今のところは領主と筆頭家臣って関係だけで、もちろん、何があるわけじゃない。

おつき合いとか、恋人とか、結婚とか……。

そ、そうなればいいなあとは思うけど、じゃあ今すぐ！　……って気分でもなかった。

仕事でも、食事でも、今のユリウスとの距離感がとても心地よくて。

片思いを楽しもうなんて、贅沢かな？

勇気がないのも間違いないけれど、追い込まれてるわけでもないからね。もうしばらくはこのままでいたいって思う。

……どちらにしても分《ぶ》が悪いので、逃げ道を探そう。

「わ、わたしのことより、ディートリンデさんはどうなんです？」

「私!?　私は別に……」

「ディートリンデさん美人だし、恋人とかいても不思議じゃないですけど……ギルドの人とか？」

あ。

これは思わぬ拾いもの。

アレットが口にした『ギルドの人』って、大当たりかな？　ディートリンデさん、目が泳いでる。

「もしかして……」

「当たりました？」

アレットと素早く目を見交わし、ずいっとディートリンデさんに迫ってみる。

「どんな人なんです？」

「っていうか、誰なんです？」

「……恋人、じゃないわ。それに、シャルパンティエにもいないわ」

隊長のアルノルトさん、魔術師のローデリヒさんの二人がぱっと浮かんだけれど、違ったか。

それにしても、ねえ。

超のつく美人さんなのに、失礼ながらわたしより少々お年が上のディートリンデさん、周囲が浮いた話一つしないのはどうしてだろうと思っていたら……。

「じゃ、じゃあ、名前とかいいですから、どんな人なのかだけ、教えて下さい！」

「そうね。……真っ直ぐな人よ」

「おおー」

「ええ。でも、真っ直ぐすぎて、こうと決めたら周囲のことが見えなくなるの」

「わ、一途《いちず》な人なんだ」

「アレットと同じくらいの年頃に出会って、同じパーティーで冒険して、戦いにも出て……。気付いたら、そんな関係になったような、なってないような……。大人になると、素直になれないものなのよ」

ディートリンデさんは、嬉しいような寂しいような顔で天井を見上げた。

「私もジネットと一緒で、何もないといえば、何もないのかしらね……」

「あー……」

「でも、お互い好きなんですよね？」

「……どうかしら。嫌いじゃないけれど……」

アレットは何か言いたそうだけど、そっと唇に指を当てる。

自分のことを棚に上げてなんだけど、大人って、難しいよね……。

よし、ちょっと空気を変えよう。再びアレットに目配《めくば》せを送る。

「そうだ、食事の後のお楽しみってことで、リンゴの凍菓《とうか》を作ったんですよ」

「あ、魔法はあたしが頑張って、お姉ちゃんが一生懸命混ぜました」

「あら、嬉しい。あれって、作るの大変なんでしょ？」

「今日は特別ですよ」

ふふんと笑顔を返して二階へと上がる。溶けると面倒なので、凍菓の入った器は氷漬けにして二階の廊下の一番寒い場所に置いていた。

「【魔力よ集え、浮力と為せ】」

作るのはちょっと大変だったけど、ほんとに今日は特別な日だからね。

今がいい季節のリンゴを一度すり下ろして、半分は甘味を引き出すのに一度火を通し、半分は酸味を活かす為に生のままを混ぜた。後は魔法で凍らせ、少し砕いては混ぜ、混ぜては凍らせを繰り返し……。

材料だけなら一人一個もあれば十分だから材料は割にお安くて、作り方も難しくないけれど、手間は確かに掛かってるし真冬でもなければ魔法使いが必要だった。

でも、その為だけに魔法使いを雇うなんてもったいないし、魔法の使える料理人は元から貴重だったから、あまり食べる機会がないちょっと珍しいもの、それが果実の凍菓だ。……もちろん、わたしもこんな機会でもないと作ろうって気にならなかった。

「もうちょっとですからねー。……【魔力よ集え、冷気と為せ】」

台所で氷を砕いて中身を取り出し、お玉で形を整えて、最後にもう一度軽く凍らせる。おまけに『魔晶石のかけら』亭から分けてもらったワインを煮詰めて作ったソースを垂《た》らし、上にはケアベルの葉を一枚飾った。

「はい、おまたせです！　溶けないうちにどうぞ！」

「あら、ソースまで!?　前に王都のお店で食べたときは、そのままだったのに……。本当に、手が込んでるわね」

「ふふ、おまけです。食べる場所で味が変わっておいしいですよー」

いいよね、気心の知れたお友達と妹、そしてこの雰囲気。

誰かを迎え入れるのに、その笑顔を想像しながら『準備』をするのって、やっぱり楽しい。

次はユリウスを招いて……ううん、わたしの心の『準備』がまだ、出来てないや。

いつになるかは分からないけれど、そんな日が来るといいな、なんて。

ほんのちょっとだけ考えたりするわたしだった。

第九話「竜に乗った『騎士泣かせ』」

冬越しの準備がほぼ調った頃、シャルパンティエにも初雪が降った。

もう二、三往復はルーヘンさんの荷馬車もやって来るけど、その後は春まで荷物が来ない。注文のし忘れがないか、在庫が不十分で売り切れてしまいそうな品物はないかって、少しだけわたしもぴりぴりとしている。

「お姉ちゃん、補充分はこれでいい？」

「うん、ありがと」

まだまだ道具も素材も足りなくて本腰を入れられないとアレットは言っていたけれど、晩秋から初冬にかけて駆け出しパーティー『英雄の剣』を名指しで幾度か雇い入れ、護衛兼荷物持ちとしてシャルパンティエの山中を連れ回していた。

薬に使える山野草《さんやそう》の採取をしながら同時に生育地図を作り、来年に備えているそうだ。今年の冬は、仕入れ分でなんとか繋ぐらしい。……それでもお店の利益が急激に上向いたあたり、ダンジョン村でお抱え薬草師を持つ店の強みはすごい。

「あたし、ギルド行って来るね」

「ん、いってらっしゃい」

「ちょっと遅くなるかも」

「はーい」

アレットは何も言わなかったけれど、今日はそれらとは別で、たぶん、第二階層に出てくる毒蛇の頭が必要になって依頼を出しに行ったのだと思う。毒腺《どくせん》から抽出《ちゅうしゅつ》した毒で解毒剤《げどくざい》を作るんだけど、昨日人数分買っていったパーティーがいたから補充分かな。ほんと、助かる。

勢いでアルールを出て、ヴェルニエの街にたどり着いてから一年と少し。

今更ながら、支え合える誰かが側に居てくれることの大切さに気付いたよ。


冬の支度にお店のあれこれ、それからシャルパンティエ全体のこと。

雪深いと聞いたので雪かき道具や靴の上から履《は》く毛皮が内向きの雪靴も揃えたし、商品の在庫はみんなが困らないように倉庫にたっぷり詰め込んでいる。お店の裏には薪の束や炭の袋が積み上げられていた。もちろん、品物を整えればおしまいってわけがなくて、それぞれさっと取り出せるように場所を考えなくちゃならないのに次々と荷物が届くので、ほんとに大変だったよ……。

そんなこんなで、領主様のお仕事にも追われつつ、ああでもないこうでもないって忙しくしているうちに、年暮れの月はもう初旬が終わりかけていた。

「だいぶ寒くなったね、お姉ちゃん」

「うん。やっぱりヴェルニエより寒いかも」

雪はちょっとだけ積もっているけれど、まだ地面が見えているから雪靴じゃなくていい。

いつものように『魔晶石のかけら』亭にお邪魔して、夕食の塩漬け肉入りシチューをつつきながら、皆で机を寄せる。少し遅目の時間だけれど、まだ飲んでいる冒険者もいた。さっきダンジョンから帰ってきたみたいだから、明日はお休みするのかな？

今夜の集まりは、久々にシャルパンティエ商工組合の会合だ。

出席者は議長のカールさんにラルスホルトくん、ディートリンデさんとわたし。ここに新しくデイータくんが加わったので、説明も仕切り直しになる。

もちろん、イーダちゃんはアレットに見て貰っていた。流石に冒険者宿の酒場で、十二歳の女の子を一人にさせられるわけがない。……ってほど、シャルパンティエは悪人が出入りする土地じゃないけれど、一人で食事をするのは味気ない。

幸いなことに、『洞窟狼』ユリウスの目があるおかげなのか、冒険者もそれに引きずられて不思議と『お行儀《ぎょうぎ》がいい』人が多かった。喧嘩ぐらいはたまにあるけどねー。

「毎日顔は合わせると思うから、その都度《つど》話をする……ぐらいでいいかな。特に不足が見込まれそうな物が発覚したら、早めに報告しあうこと」

「いつも通りですね」

「それが大事なのよ」

最後の馬車便に積んで貰う荷物はそれぞれが熟考を重ねたおかげで、調整のはずが五台分に増えてしまった。これが明日到着して、今年はもうヴェルニエとお別れだ。

「へえ、じゃあ冬越しをする冒険者は、全部で六十人にもなったんですか！」

「こっちも仕入れの都合があるから、親父に頼んで予約を取っていたんですよ。流石に全室は埋まらなかったが、本当に、ありがたいなあ」

ここのところ、幌《ほろ》付きの乗り合い馬車が行き来して、相乗りをした冒険者達を幾度も運んできている。

うちは一応、予備の予備の、そのまた予備まで見込んで百人が冬越し出来る量の堅焼きパンを仕入れていた。お店の倉庫や空き部屋には収まらなくなったので、ラルスホルトくんの家の二階も借りている。

ランタン油やポーションなんかの消耗品もその計算で用意しているから、普通にお買い上げして貰う分には大丈夫なはず。しいて言えば、下着はたっぷり用意したけど替えの上着はそこまで沢山ないから、血塗《まみ》れになるたびに使い捨てられると困るかな……。

「うちの店は、前日の夜カールさんにご用聞きをする方がいいかも知れませんね」

「ディータはそうした方がいいだろう。六十人の全員が毎日宿で寝泊まりするってわけじゃないからな。こっちも案外振れ幅が大きくなりそうで、そこだけは困りものだよ」

「何とか早めに慣れたいです」

「まあ、ダンジョンで飲めない分、こっちに戻ってくればがんがん飲むだろうから、酒だけはどうあっても消えるだろうな！」

ほくほく顔のカールさんと同じく、ディートリンデさんも今日はにこにことしている。

何かいいことあったのかな？

「ふふ、この人数だと、今期から黒字になりそうなのよ」

「おおー！　おめでとうございます」

『シャルパンティエ山の魔窟』の入宮料は、ギルドが決定した基本料金にギルドタグの色と日数を掛け算して求められる。

赤銅の四人の中堅パーティー『水鳥の尾羽根』さんなら一人四十の四人で一日百六十ペニヒ――六グロッシェンと十ペニヒになるから、一泊よりは高くついた。

これが駆け出しの真鍮三人組『英雄の剣』なら、九十ペニヒで三グロッシェン十五ペニヒと少し安くなる。『英雄の剣』は怪我や装備の消耗がなかったら、第一階層でもぎりぎり黒字になるのかな。日々の宿代食事代も結構な負担になるもんね。

ともかく休憩日も考えて、五十人が毎日ダンジョンに入るとすれば、ギルドが受け取る入宮料収入は一日あたり大体金貨一枚半から二枚になって、ひと月なら五十ターレルぐらい。うん、これじゃあユリウスが月々受け取るダンジョンの管理権貸与料《たいよりょう》百ターレルには半分ほど足りないかな。

でもシャルパンティエでは、冒険者が持ち帰る魔晶石を『全て』ギルドが引き取る取り決めになっている。専用の魔法道具があるから、絶対に誤魔化すことは出来なかった。

これを商人や職人など必要とする相手に素材として売却するか、ギルド自前《じまえ》の工房で魔導具や魔法薬に加工することで、そちらから利益を得るわけだ。

ダンジョンによっては入宮料がべらぼうに高くしてある代わりに、個人が魔晶石を持ち帰っても良いというところもある。けれどわたしは、その入宮料が一人一日金貨一枚と聞いてちょっと黙り込んだ。ユリウスは、本当にいい腕をしているなら結局はその方が得になるって頷いているけど……やっぱり高いよね。

本当は両方の方式を選べる方が冒険者にもギルドにもいいんだけど、ダンジョンの奥でやり取りされると確かめようがないので無理らしい。

もちろん、そこに加えてディートリンデさん達のお給金やギルドの維持費なんかもかかるから、ダンジョンがあっても黒字にするのは大変そうだった。

うん、雑貨屋の方がずっと気を使わなくていいや。

まあ、それら裏話は横に置いておくとして。

「うふふ、ありがと！　これでクーニベルトを見返してやれるわ！」

らしくない……。

普段の落ち着いた雰囲気は何処へやら、熱血なディートリンデさんに、わたしはほんの少し椅子の位置を遠ざけた。

ヴェルニエギルドの新マスターは、『騎士泣かせ』クーニベルトさまという名の元冒険者だ。

わたしは会ったことがないけれど、ディートリンデさんが言うには四角四面《しかくしめん》で一々嫌味な奴なのだそうで、顔を見るたび喧嘩になるから当分ヴェルニエには行かないし、シャルパンティエは雪で閉ざされるから春までは気にしないで済むわと力説されてしまった。

ちなみにユリウスとアロイジウスさまは、あれは痴話喧嘩としか言い様がないから、適当に聞き流しておけばいいと涼しい顔だ。

「ラルスホルトくんの方はどう？　冬場の計画は立ってる？」

「ええ、大丈夫ですよ。元々修理や手入れの仕事は毎日山積みになることはないですから、冬の内に大物を幾つか手がけたいですね。こっちで売れるとは限りませんけど、駄目なら街の武器屋に卸《おろ》せばいいかなって思ってます」

「作り置きするのね」

「はい。時間だけはたっぷりですから」

うちは……どうだろう？

領主様のお仕事が多いか少ないかで変わりそうだからねえ……。

「でもですね、親方に紹介して貰った鉄商人からまとめて買ったので割引はして貰ったんですが、炭代が思ったよりも掛かりました……」

鍛冶屋さんが使う炭の量はとんでもなくて、わたし達が煮炊《にた》きと暖房に使うそれとは比べ物にならなかった。質だっていいの使わないといけないだろうし、大変そうだ。

「そう言えばラルスホルト、包丁なんかも頼めば作ってくれるのか？」

「ええ、もちろんです。親方や兄弟子には、生活用具を疎かにする奴は鍛冶屋を名乗るなって、口を酸っぱくして言われてました」

「そりゃ助かる。うちに入った新人用に、大小二本ずつ頼めるか？　そんな上等じゃなくていいんだが、あの二人、料理ももちろん素人でねえ」

「じゃあ、料理人用の刃先《はさき》じゃなくて、普通の包丁刃《ば》にしておく方がいいですか？」

「そうだなあ……」

この冬、『魔晶石のかけら』亭が給仕に雇ったマルタとグードルーンの二人は、錬鉄のタグを持つ冒険者でもあった。

二人は同じ村の出身で十四歳、今年冒険者になったばかりで、この冬の内にお金を貯めて装備を調えるんだって意気込んでいる。そんな二人だから、ディートリンデさんも二人だけで『シャルパンティエ山の魔窟』には入っちゃ駄目と、釘を刺していた。

錬鉄は一番下のタグで、街中のお使いやあまり危険のないお仕事がせいぜいだ。そのまま荒仕事に出るのは流石に苦しい。アレットは魔法使いな上に母さんの手ほどきを受けていたし、魔力の量も魔法の威力も中堅の冒険者を上回るほどだからちょっと特別、同じには語れない。

マルタ達は頑張り屋さんで、休憩時間に宿の裏で木の棒を打ち合っている姿を見かけることもある。給仕の合間、先輩冒険者の話に耳を傾けていたのも見た。

ギルドで昇級試験を受けるにしても相応の腕前が必要だから、今すぐは無理でもしっかりじっくり頑張って欲しいなあと、わたしは思っている。

「急ぎじゃないんで、暇なときでいいぞ」

「はい、わかりました。……ふふ、作ったものが売れたことはありますけど、はじめての注文ですね」

「おー、おめでとう」

「はいっ！　なんか、うん、すごく嬉しいです！」

ラルスホルトくんの工房、実はこちらにいる冒険者の間では割と一目置かれてるんだよね。

これから稼ぐぞってやってきた人が多いからまだ小物しか売れてないけど、工房内に立てかけられた数本の魔法剣は皆の目を惹いた様子だった。

「で、ジネットさんところはどんな具合なんだ？」

「うちですか？」

「妹さんも来てくれたし、上り調子じゃないのかい？」

「んー……。とりあえずあの堅焼きパンを売り切ってしまわないと、どうしようもないです」

ともかくあのパン樽の山は早々に片づけてしまいたい。個包装に使う藁紙《わらがみ》の束だって、まとめてあると相当重いし。

でも、明日四樽届けば後は減っていくだけなので、多少気は楽……かなあ。空いた樽は何故かユリウスが引き取ってくれるという話になっているので、領主の館の庭の隅っこに積んでいけばいいのは助かったよ……。

他はと言えば、季節に合わせた長袖の下着や厚手の毛織りシャツのような防寒着、いわゆる冬物が棚の隙間に詰めてあったし、ランプ油も冬ごもりの最中に売れそうな量よりも多めに用意している。……何かあったときに困るからね。

「あとは……無理な注文は受けられなくても、品切れがないように祈るだけですよ」

この冬は、『地竜の瞳』商会にとっても正念場《しょうねんば》なのだ。


なんてお話しをしていた、翌日の朝早く。

「うわっと!?」

「おい、なんであんなもんが……」

まだ開店前の時間だというのに表が騒がしくなった。

「お姉ちゃん、なんだろね?」

「ちょっと覗《のぞ》いてみよっか」

朝食の手を止めてアレットと顔を見合わせ、食堂の窓から広場を見れば……。

「ひっ!?」

「わ、竜だ!」

大きな竜が、うちの店の前にふわりと降りてきた。

一瞬、髪の毛が逆立《さかだ》つほど驚いたけれど、落ち着いてよく見れば、鞍《くら》もついていて人も乗っている。うん、野生の竜がシャルパンティエを襲いに来たわけじゃなくて、ほんとによかったよ。

騎乗《きじょう》の二人も鎧姿《よろいすがた》をしていないから、竜騎士じゃない。……って、何の用事だろう?

竜はものすごく速いし人も乗せられるけど、借りるのに高いお金がいるし、ヴェルニエには竜使いはいなかったはず。どこか別のところから来たのかもしれないけれど……。

「アレット、お店任せていい?」

「うん。あれって、ユリウス様のお客様?」

「たぶん、そうだと思うけど……」

ポットベリーのジャムを塗ったパンを口に押し込んで、表に出る。

あんまり行きたくないけれど、竜を使うほどの大事な用事なら、わたしも呼ばれるんじゃないかなって気がしてしまう。

「……」

そっと静かに扉を開けた先、濃紺《のうこん》の鱗《うろこ》を光らせた家一軒と同じくらい大きな竜は、幸いうちの店先と井戸の間あたりに大人しく座っていた。

ただ……。

「あなた、一体何しに来たのよ!?」

「おお、つれないところだけは変わらないね、ディートリンデ！　もちろん、着任の挨拶だよ！」

「ならもう済んだわね。はい、ご苦労様。お帰りはあちらよ！」

「いやいや、王都から竜まで呼び寄せてそれはないな。日取りも前もって調整したし、仕事もきっちりと、各方面滞《とどこお》りないように済ませてきたさ。君のための時間は、たっぷりとってあるんだよ」

何これ……。

竜から降りたのか、貴公子然《きこうしぜん》としたローブ姿の男の人と、顔を真っ赤にしたディートリンデさんが喧嘩してる。

「こっちに用事なんてないわよ！　書類は全部送ったでしょ！」

「こうやって顔を合わせるのが大事なんだ。結果の決まってる会議でも、必ず人を集めて採決を取るものだろう?」

見物客は増える一方、竜使いだろう男性は、あきれ果てているのかぽかーんとして二人を見ていた。

竜は……あ、こっち見た。首がにゅっと、わたしの方に伸びてくる。な、なんで?

「……ひっ!?」

いたずらしない。触らない。大声を出さない。後ろから不用意に近づかない。

人に慣れている竜は、約束事を守ればそんなに恐くないそうだ。うん、おっきい馬と同じだね。

「あ、あ……」

もちろん、怒らせた時はどうなるかわかったもんじゃないけど、竜使いや竜騎士と一緒ならまず大丈夫。

……なんて言われてるけど、恐いものは恐いに決まってるでしょうが!!

からら、からん。

わたしはとりあえず、お店に逃げ込んだ。

「ユリウスは広場の方歩いて。わたしはこっち歩くから」

「……竜使いもそばにいるし、先ほど鼻面《はなづら》を撫でてやったが大人しかったぞ?」

「それでも恐いって! あの大きな口、わたしなんて一呑《の》みだよ……」

しばらくしてユリウスが呼びに来たので、わたしは本当に仕方なく、彼を盾《たて》にしながら広場を大回りしてギルドへと向かった。

竜はからんという戸鐘の音でこっちを見たけれど、すぐにまた寝てくれたのでほっと肩の力を抜く。うん、いい子だからそのままでいてね。

「お客様って、さっきディートリンデさんと口げんかしてた人だよね?」

「うむ」

「ヴェルニエギルドの新しいマスターさん……で合ってる？」

「その通り。名は『騎士泣かせ』クーニベルト、俺も幾度か轡《くつわ》を並べて戦いに出たが、なかなかの手練《てだ》れだぞ」

やっぱりね。

だからあの様子を見ても、わたしはあんまり驚いていない。……マスター・クーニベルトのことでディートリンデさんの様子がちょっとおかしくなるのは、昨日の会合で何となく分かっていた。

「本業は魔術師だが、剣の腕も抜群でな。数年前だったか、御前《ごぜん》試合で四強に残ったほどの巧者《こうしゃ》なのだ」

「へえ……。すごい人なんだね」

「おかげでついた二つ名が『騎士泣かせ』、というわけだ。こちらなら『銀の炎』もいるからな、喜び勇んで栄転でもない転勤話に飛びついたらしい。前は王都の本部、それもかなり上の役職に就《つ》いていたが、その椅子を蹴《け》るというので皆が呆れたそうだ」

「うわー……」

ちらっと竜を見れば、まだちゃんと目を閉じている。でもこれはそういう問題じゃない。……帰りも必ず、ユリウスに送って貰おう。

ギルドの入り口でウルスラちゃんに手を振って、奥に向かう。

「でも……二人は痴話喧嘩する仲、なんだよね？」

「……うむ。俺はますますあの部屋に戻りたくなくなってきた」

「どうして？」

「ジネットにもすぐ分かる」

げんなりとした表情でユリウスは大きく息を吐《つ》いてから、応接室の扉を開けた。

ユリウスの背中からちらっと中を覗けば、クーニベルトさまは何やら書類仕事をされていて、案の定《じょう》ディートリンデさんは不機嫌そうにぷいと横を向いていたんだけど……。

「『洞窟狼』殿！　……失礼、領主様！　この男、用事が済んだのに帰ろうとしないんです！」

「ユリウス、聞いて下さい！　ディートリンデがいつもより不機嫌なんです！　私はどうしたら……」

あー、うん。

これはユリウスでなくても入りたくないだろうなと、わたしも思った。


用事と言ってもユリウスがわたしを紹介したかっただけのようで、来訪を聞きつけてやってきたアロイジウスさまご夫妻と旧知《きゅうち》の仲らしいご挨拶をすませると、マスター・クーニベルトは大人しくギルドを後にした。

お見送りしようと表に出れば……アレットの前で、竜がお辞儀《じぎ》してる。

ぐるるるる。

「はい、あーん」

ぎゅわ！

「ごめんね、今のが最後だよ。堅焼きパンの余りはもうないの」

……くう。

「お嬢さん、竜使いの素質あるかもなあ」

「わー、ありがとうございます！」

大口を開けた竜の真ん前で、竜使いのおじさんとのんきにお話し出来るなんて、あの子もほんと、物怖《ものお》じしないなあ……。

「お世話になりました、ユリウス！『また』来ます！」

「こちらこそ、何かと世話になると思う。頼りにしているぞ」

「はい！」

わたしも広場の隅っこ、竜から離れてお見送りをしているけれど、ディートリンデさんはもちろんギルドから出てこなかった。

「……」

でもね、マスター・クーニベルトの何が酷いって……。

ディートリンデさんのことさえ絡《から》まなければ、見目《みめ》もいいし態度も明るい好男子《こうだんし》だということが、はっきりと分かってしまったのがねえ……。わたしにも丁寧に接して下さったし、ちらっとユリウスと会話しているところを聞けば、仕事にも熱心で、周りへの気配りもよく出来ている人だったよ。

その上地域をまとめる大きなギルドのマスターで、ユリウスが認めるほど腕も立つんだから相当もてるんだろうけど……それだけに、ほんと酷い。

「さあ、お嬢さん、下がってくんな！」

「はーい」

「マスター・クーニベルト、出しますぜ！」

「ああ、頼む」

「よーし、行っていいぞ！　はいや！」

大きな翼を広げた竜は、ふわりと舞い上がったかと思えば、あっと言う間に見えなくなった。

「……ふう」

とりあえず、冬の間はマスター・クーニベルトもやってこないだろうけど、来るたびにこの大騒動になっちゃうのは勘弁《かんべん》して欲しいかもしれない。

実は……もっと大変なのは、ディートリンデさんだった。

前に聞いた『素直になれない相手』って、あの様子じゃマスター・クーニベルト以外にあり得ない。

一緒にいると嬉しいのに、恥ずかしいからあんな態度をとっちゃうし、普段の冷静な姿じゃいられなくなるんだろうなあ……って思う。

今日の二人を見る限り、たぶんディートリンデさんは、マスター・クーニベルトのことが好きすぎて……色々こじらせてるご様子。

そのあたりもあって、わたしには、怒り疲れて使い物にならなくなっているディートリンデさんを立ち直らせる『依頼』がユリウスから出されたけれど、こっちは半日仕事になってしまった。

シャルパンティエの
雑貨屋さん
General Store in Charpentier

Welcome to a general store in Charpentier, the firm of ground dragon eyes.
There is surely the item which you are looking for.
Ginette, a beautiful store manager waits with a smile anytime.

外伝一「『妹』達の旅立ち」

外伝「『妹』達の旅立ち」

お久しぶり！

お兄ちゃん、リリアーヌさん、アレット、ブリューエット、ラザール、ランベール、みんな元気に過ごしていますか。


春はお手紙、ありがとう。お返事の間が空いてごめんね。

領主様が店舗付きのお家《うち》をご用意してくださったおかげで、実家にいた頃とあまり変わらない暮らしぶりです。一人住まいだしお客さんがまだまだ少ないから、昼間とか寂しいけどねー。

でもね、わたしが暮らすことになったヴィルトール東方辺境のシャルパンティエ領は、森に囲まれた山村でまだ開拓《かいたく》が始まったばかりの新しい村だけど、なんと、村のすぐそばにダンジョンがあるんだよ！　ふふ、すごいでしょ!!

一週間に三組しかお客さんが来ないような田舎だけど、これからだよ、これから！

そしてなんと、来月にはベルトホルトお爺ちゃんのお孫さん、ラルスホルトくんもシャルパンティエに来てくれることになったんだ。アレットと同い年ぐらいかな、とっても真面目ないい子だったよ。

ほんとにこのシャルパンティエの村は今年開村したばかりで、これからどんどん賑やかになるはず。わたしもお店のこと、頑張らなきゃね。

そちらはどうですか？　みんな元気でいますか？

ジョルジェット姉さんやイヴェット、ご近所の皆さん方にもよろしく！

『地竜の瞳』商会　店主　ジネットより

「アレット、お手紙ちょうだいね！」

「ジネットにもよろしく！」

「じゃ、じゃあ、いってくるね……」

旅立ちは、秋の種蒔きの少し前になった。但し、見送りはギルドの真ん前、通りの一番広い場所で……あたしの顔は、少しだけ引きつってるかも。

気を回してくれたイヴェット姐さんが、隣国ヴィルトールの王都まで行く護衛の依頼を用意してくれていたもんだから、待ち合わせ場所がギルドの前なのはしょうがない。

おかげで見送りは、家族全員に加えてジョルジェット姉さんに甥《おい》っ子姪《めい》っ子、幼なじみにご近所の人達、もちろんイヴェット姐さんだけじゃなく、ギルドの皆さんやここ最近で組んだ冒険者仲間、なんとベルトホルトのお爺ちゃんまでが守り刀《がたな》を手に村から駆けつけてくれた。

……それは嬉しいよ。だけど、あたしの乗る馬車は『街で見かけたら道を譲って一礼《いちれい》せざるを得ない』金枝《きんし》に緑葉《りょくよう》の紋章《もんしょう》がついた、黒塗りの馬車。

「いってらっしゃいまし！」

「マリー様、ばんざーい！」

時々上がる歓声は、馬車の中から手を振るお方に向けられたもので、なんとも畏《おそ》れおおいことに、馬車の前後も『近衛騎士《このえ》』の一隊が固めていて……。

熱っぽくて頭が重いしなんだかお腹も痛くなってきたんで冒険者やめますごめんなさい見逃して下さいお姉ちゃんのところに行くのも諦めました……って、回れ右しそうになったよ。

ちょっとどころじゃなく恥ずかしかったけど、引き替えに旅費も食費も半分は浮いて、更には依頼料も破格だったから、何かあったら使いなさいってブリューエットに幾らかのお金を預けることが出来たし、そうだね、心残りが一つ減ってよかったんだよね……。たぶん。

「お待たせいたしました、殿下、ミシュリーヌ様」

「アレット、わたくしの隣に」

「はい、ミシュリーヌ様」

人の波をかき分けて馬車に乗り込むと、騎士の一人が高らかにラッパを演奏し、出発を告げた。

「失礼いたします」

「貴女《あなた》も大人気なのね、アレット」

あたしの向かいにちょこんと座り、満面の笑みで窓の外に手を振っていらっしゃるのは、マリー様ことマリアンヌ・ラシェル殿下——このアルールの王太子リシャール・エルマン殿下の一の姫様、つまりは国王陛下のお孫様にあたられる正真正銘のお姫様だ。

もちろん、あたしの隣で忙しく書類をめくってらっしゃる侍女《じじょ》ミシュリーヌ様も、侍女ではあっても歴《れっき》とした伯爵《はくしゃく》家のご令嬢《れいじょう》……というわけで、今更だけどどうしようって気にもなるよね。

「いえ、その、お迎えありがとうございます。……申し訳ありませんでした」

「いいのよ。貴女のことは、ギルドまで自ら迎えに行くように御爺様《おじいさま》が仰っていたもの。その方が出発の時に『目立つ』から、って！」

マリー様はブリューエットより一つ下の十二歳、あたしにも気を許して……というより、昨日の今日で完全に懐かれている。あたしの役どころは表向き、毒味《どくみ》役兼業の護衛で、もちろん、誇らしさと嬉しさもあるけれど、問題はそこじゃない。

お姫様の旅の目的は、国王リシャール二十四世陛下の名代《みょうだい》として、ヴィルトールの国王陛下へと親書《しんしょ》を届けることだ。

昨日、イヴェット姐さんから本当の事情を聞いたし、あたしも王城まで呼ばれて離宮の一室で姫殿下とも顔合わせをした。……夏に受けた依頼には、あたしへの試験も含まれていたんだって。そりゃ試験ならしょうがないけど、ちょっと意地悪じゃないのかな、イヴェット姐さん……。

その中にはお忍びの国王陛下に給仕しつつ毒味役も兼ねるってお仕事もあったんだけど、あたしは一度だって国王陛下とお話ししていないし、同席のギルドマスターも目配せ一つしなかったよ？

でも、名指しで新人同然の素人をお姫様の護衛に雇うなんて、やっぱりどこかおかしい。あたしよりも経験豊富で腕のいい魔術師なんて、アルールには沢山いるもんね。

「わたくしのことは、マリー、と。明日からは、特に気を付けて下さいましね？」

「はい、マリー様」

「だめ。マリーと呼んで下さい」

殿下は『ただの』マリーでいいのと気さくに仰るけれど、あたしこそ『ただの』雑貨屋の娘。困った目をミシュリーヌ様に向けてみる。でも、そちらはそちらで忙しそう……ううん、たぶん、この旅で一番忙しいのはまとめ役のミシュリーヌ様だよね。

近衛騎士に守られた馬車はその日の内にヴィルトールとの国境を越え、宿場でも一番大きな宿の一番いい部屋に一泊した次の日、あたしとマリー姫の二人旅が始まった。

旅の始まりは、あたしが一人立ちしようと決めたことが原因で間違いない……かな。

あれは夏前、ジネット姉さんから手紙が届いた頃。

「イヴェット姐さん。あたし、兼業で冒険者になりたいんだけど……どう思う？」

って、ギルド勤めでジネット姉さんの大親友だったイヴェット姐さんに相談して、大兄《おおにい》さんの許可を貰って家族を説《と》き伏《ふ》せてからは、冒険者と薬草師、ほんとに忙しい夏になった。

ギルドの護衛隊長さんがリーダーについてくれたけどいきなりダンジョンの中層に放り込まれたり、王城前の『海鳴《うみな》りの響き』亭でお忍びの国王陛下に毒味兼業の給仕をさせられたり、かと思うと、薬草師の方で急ぎの注文が舞い込んだり……。

お勉強と鍛錬を兼ねた試練はたくさんあったけど、あたしはそれを乗り越えた。

母さん譲りの『翠玉の魔杖』に、大兄さんが手に入れてくれたフレアコート、お気に入りの帽子と新しく買った革の脚甲《きゃっこう》を身につけて。

イヴェット姐さん曰く、『見かけは細っこいのに中身が図太いところは間違いなくジネットの妹』なあたしは、無事にみんなから一人前のお墨《すみ》付きを貰い希望を胸に旅立った!!

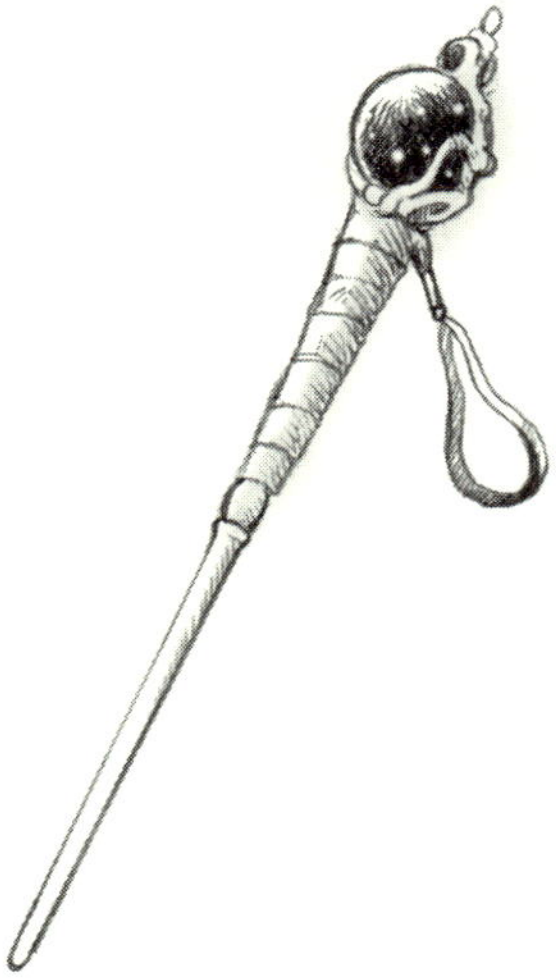

旅立ちの本当の理由は……まだ、誰にも言ってない。

嫁いできたリリアーヌ義姉《ねえ》さんは、あたしよりずっとすごい薬草師だった。

少し前に結婚した親友も、たった半年でどこから見ても立派な若奥様になっている。

ずっとずっと相談相手だったジネット姉さんは、今じゃ大兄さんと同じく店主を名乗っていた。

……なんだか心が『もやもや』してたのは、そろそろ巣立つ時期が来てるのに、自分でも分かってるようで分かってないから悩んでたんじゃないのかって。

だからあたしは、旅に出た。


ヴィルトールの北の端っこ、第一の通過点になる貿易都市フォントノワまでは馬車で三日、道中はアルールと代わり映《ば》えのしない景色で、旅の間だけ『妹』になったマリー姫と二人、大きな国のはずなのにおかしいねって首を傾《かし》げたりしたけれど、西方諸国と結ばれている街道が田舎道だっただけの話で、フォントノワはラマディエよりもずっと大きかったよ。

「駄目よ、マリー！　『姉さん』から離れないで！」

「はあい！」

妹を呼び捨てるのには、すぐ慣れた。でも、お忍び旅は二人きり、油断だけはしちゃいけない。

「あ、焼き菓子の屋台だわ！　姉さま、あれも食べましょう！」

「さっきもスコーネの揚げ菓子食べたのに、夜、食べられなくなるよ……」

街娘《まちむすめ》と冒険者の中間のような格好のお姫様に腕を絡め、露天市場を歩くのは楽しいけれど……一応は気になって、後ろにちらりと目をやる。幸い『冒険者』の二人組はあたし達を見失っていないね、うん、大丈夫。

「もう……。しょうがない、半分こにしよっか」

「ありがとう、姉さま！」

流石にお城の偉い人達も、お姫様に素人冒険者一人を付けただけで旅をさせるような無茶はしなかった。

二人旅だと思っているのはお姫様だけで、今後ろを歩いてる『冒険者』は姿を偽《いつわ》った近衛騎士と王軍の兵隊さんだし、宿場から馬車に乗り合わせた冒険者達は実家のお客さんとして以前からよく知っている手練れで、ミシュリーヌ様はお姫様の身代わりとして『目立つ』ように護衛付きの馬車で過ごして、陰《かげ》から一行をまとめている。

実は……壮大すぎる爺《じじ》ばかが、この旅のきっかけ、遠い始まりだった。

旅の目的は親書を届けることなんだから、仲が良いと知られている国同士、お手紙のやりとりを隠す意味が分からないし、お姫様が身分を偽る必要なんて全くない。本当に急ぎなら、自慢の竜騎士でも飛ばす方がずっと安全で早いよね。

でもそこに、お姫様への贈り物が含まれているとしたら？

普段、滅多とお城から出ることが許されないマリー姫に、お忍び旅をさせてやりたい……なんて話になった時、国王陛下が本気でそれをお望みなら、王太子殿下だって止められやしない。

即刻《そっこく》、東の大国ヴィルトール王国と話をまとめ——って、この時点でもう手紙のやり取りが済んでるけど、それは些細《ささい》なこと——、あちらからもお忍び旅の王子様を受け入れる約束をして、国の面子《めんつ》を立てると同時に、当人同士が仲良くなれば万々歳《ばんばんざい》……などという状況を作り上げ、お忍び旅の計画が動き始めた。

この計画、アルールのみならずヴィルトールも得をするという、あたしには理解が及ばない『おまけ』までもたらしているというのだからすごい。……難しいことはわからないけどねー。


「そうだ、クッションを買わなきゃ」

「クッション？」

旅の目的とは違うけれど、露天市場に来た大事な理由を思い出す。

「マリーは昨日、お尻が痛いって言ってたでしょ」

「あ！」

「乗り合い馬車じゃしょうがないけど、少しはましかな」

あたしはうちの荷馬車より乗り心地が良ければ何でもいいけれど、上等の馬車に乗り慣れた十二歳のお姫様には、少しきつかったかもしれない。

護衛のお仕事には小さなお尻を守ることも含まれているはずで、ちょっと反省だよね……。

「ありがとう、姉さま！」

「たぶん売ってるとは思うけど、露店で見つからなかったら街に戻るよ。それでもなかったら……うん、背負い袋に着替えをぎっしり詰め込めばいいかな」

「素敵！　なんだか本物の冒険者みたい！」

マリー姫は『手元にある物で何とかするのが冒険者のたしなみ』なんて口にすると、迷いもせずに背負い袋のクッションを選んだので、買い物はなしになった。

ちなみにあたし達旅の一行も、役得《やくとく》だらけで……。

マリー様は陛下から『秘密のお手紙』を預けられてやる気十分、旅にも出られてご満悦《まんえつ》だ。……婚約を押しつけられるかもしれないけれど、相手は大国の王子様で相手としてこれ以上はないし、庶民だって顔も知らない誰かに嫁ぐようなこともある。先に会えるだけましだろう。

近衛の騎士様もやはり国外に出ることは滅多にないから、異国の地で羽を伸ばせるこの機会、逃すものかと我先《われさき》に立候補したそうだし、冒険者達だって『殿下』の護衛に雇われたんだっていう箔《はく》がつく。

一人大変そうなのは一行のまとめ役ミシュリーヌ様だけど、そんなことはない。護衛隊長のラ・

ファーベル男爵《だんしゃく》は許嫁《いいなずけ》、その彼と公務で旅が出来るとあって大張り切りなのだ。

あたしはもちろん、旅費が浮いて助かっているよね。ブリューエットに幾らか預けることが出来たおかげで、心残りも少し減ってる。

それに、最初は逃げ出したいほど緊張したけど、可愛い『妹』が出来て今はとても嬉しい。

……『これ正《まさ》に正道《せいどう》なり』、だよねえ。みんな笑顔で誰も損してないんだもん、王様すごい！


宿に戻って湯を注文し、マリーを洗うのも日課になっていた。

「寝る部屋でお風呂って、やっぱりなんだか不思議……」

「ほら、目、つむって」

「はあい」

ブリューエットよりも髪の毛が短いから、少し楽かな。……ちなみにあたしは、本物のお風呂なんて見たことない。手桶数十杯分のお湯を一度に使って身体ごとお湯に浸かるらしいけど、魔法を使うにしても井戸まで汲みに行くだけでも大変そうだよ。

「明日はちょっと早起きだからねー」

「馬車の出が早いのよね、姉さま？」

「そうよ」

出発が少し早くなる理由は、馬車の予約をしたからだ。……と偽って、昨日までと同じく、御者から同乗者から、全員が身内の乗り合い馬車を用意していた。

それにしても……。

旅のさなかに気付いたけれど、マリー殿下は貴族のまだ上、人々が見上げ敬《うやま》うのが当たり前の王族でいらっしゃるというのに、庶民のあたしと食事も一緒で宿だって特上ってわけじゃない相部屋《あいべや》、毎日髪を梳《す》くのは素人のあたしな上に、長い距離を馬車で移動する……っていう長く辛《つら》いはずの旅でも、そちら方面での文句はただの一つもなかった。

相乗りになった冒険者とも……あたしの袖口《そでぐち》を握りながら楽しそうにお喋《しゃべ》りをされていたし、あたしは『姉さま！　姉さま！』と懐かれている。

旅の間は寝物語を毎晩ねだられて、夏にこなした依頼や冒険、家族のこと、薬草師のお仕事など、沢山の話をさせて戴いた。

でも……単に冒険者や庶民の暮らしに憧れている、ってわけでもないのが、このお姫様のすごいところかもしれないなあ……。

夜に何か書き付けてらっしゃるので旅日記かなと見せて戴いたら、その日買った品物や飲食費が事細《ことこま》かに書いてあって、感想が添えられていた。支払いは全部、預かったお財布からあたしが出しているのに、一つ残らず覚えていらっしゃる様子だったから驚いたよ。

目的地、ヴィルトールの王都グランヴィルまでは馬車できっかり十日、昼の休憩にはお茶屋さんのある宿場町《しゅくばまち》が必ず置かれているぐらい、街道もよく整備されていた。

退屈ってこともなかったけれど、何事もなくてほんとによかったよ……。

「いよいよですね、姉さま。あんなに馬車が！」

「ええ。ほんと、すごいなー……」

検問《けんもん》はなかったけれど、大きな市門《しもん》は速度を落とした馬車の群で詰まっていた。アルール中の馬車を集めても、絶対に足りないよ。

「そうだ、マリー」

「姉さま？」

「あのね、グランヴィルに来たら、一度は寄らないと絶対に後悔するってお店があるんだって。御者さんには頼んでおいたから、先にそっちでお茶しよ」

「わ、楽しみです！」

お店を教えてくれたのはジネット姉さんで、ミシュリーヌ様に話を通したのはアルールを出る前日、打ち合わせの時だった。旅の最後、美味しい生菓子《なまがし》にお姫様もきっと喜んでくれるだろうって、その時は思っていたけれど……。

「到着ですぜ、お嬢さん方！」

「お疲れさまです！」

「お世話になりましたー」

あたし達が降ろされたのは、貴族屋敷のような門構えに蔦薔薇《つたばら》の絡んだ建物が素敵なお店の前で、表庭《おもてにわ》にあたる場所には白塗りのテーブルが並んでいて、揃いの洒落《しゃれ》たショートマントにブラウスの少女達——アルールにはない、女学院や魔法学院のような『学校』の生徒かな？——が、お茶を楽しんでいる姿が見えた。

「なんだか気後《きおく》れしちゃう……」

「あら、マリーの『おうち』よりは小さいわよ」

「そうじゃなくって！　もう、姉さま！」

ただ……あたしも少し、緊張と気後れはしてる。

ジネット姉さんが力説していたお砂糖たっぷりのキルシュトルテはもちろん楽しみなんだけど、騎士様――たぶん、本物のヴィルトールの騎士――が門番をしていた。


「いらっしゃいませ、お嬢様方」

「どうぞこちらへ。庭のよく見えるお席が空いておりますよ」

お店の入り口でそれぞれに執事《しつじ》風の店員さんが付き添い、席までご案内される。

あたしを案内してくれた人は大人だけど、マリーの方には少年っていうか、子供……？

見習いさんかな？　マリーに見惚《みと》れてる。

「こんなお店があるなんて、すごいのですね、ヴィルトールは……」

「そ、そうね……」

席に着いたマリーもわくわくとした表情で、テーブルの小物などを触っている。

お店の名前が『ハインリヒの隠れ家《が》』亭になってるから間違いないけど、ジネット姉さんはよく一人でこんな上等そうなお店、入ったたね……。

「本日のおすすめ、『キルシュトルテの王都風、秋風の通り道』でございます。無論お二人の為、特別にご用意させていただきました」

「え!? 姉さま、あの、注文、まだ……」

「そうね、どうしてかしらね？」

そっと口元を押さえ、笑いをかみしめる振りをしながら、一応はと杖《つえ》に手を添える。

「……【魔力よ、集いて我に従え】、【魔力よ、悪《あ》しきものの影あらば我に示せ】」

小声で呪文を唱え、お茶と生菓子に魔法を掛ければ……うん、大丈夫。

……マリーの背中の向こう、テーブル二つを空けた先に、商家の若奥様風に衣装替えしたミシュリーヌ様と、こちらも鎧を脱いでぱりっとした服装に改められたラ・ファーベル男爵がいらっしゃるから、大丈夫だとは思っていたけれどね。

「さ、お茶が冷めてしまうわよ、マリー」

「……姉さま、何かご存じですよね？」

ふふんと笑顔を向ければ、マリーは可愛く膨《ふく》らんでいた。あーもう、かわいいなあ！

「もう！ 後で聞かせて貰いますからね！」

「はあい。……んんっ!?」

「……ふぁ!!」

口げんかしてる場合じゃないよ！

何、この……素晴らしい！ 甘酸っぱい！ ほんと、何だろう、うにゅー！

一口食べた途端、勝手に手が動き出すのを止められなくなったよ。

気がつけば、二人とも食べ終えていて……思わず顔を見合わせる。

「ね、姉さま……」

「マリー……」

顔を見合わせて頷き、少年執事くんを手招きする。

「同じ物を、もう一皿ずつお願いします！」

今度は、落ち着いてじっくり食べよう。

そう誓った時、マリー様の向こうで、ミシュリーヌ様がゆっくりと立ち上がった。

「『殿下』、食べ過ぎはいけませんわ」

「ミシュリーヌ!?」

驚く『マリアンヌ・ラシェル殿下』に、あたしもはっと気付いた。

二皿目はおあずけで、その上、『マリー』との二人旅は、終わっちゃったんだね……。

「待ってミシュリーヌ。姉さまと、最後の一皿を食べさせて。お願い！」

「殿下……」

ちょっと、泣きそうになるからやめて、マリー……。

そりゃ、半月と少し、朝から晩まで一緒にいたし、ほんとの姉妹みたいに過ごしたけど。

ほら、ミシュリーヌ様も困ってらっしゃるじゃない。切り替えは大事、だよ……。

「でも、でもね……」

「じゃあ……今夜、僕が甘い物をご馳走しましょう」

少年執事くん、突然何を言い出すの……？

「あの……？」

ああ、もう、マリーまで困り顔になっちゃったし。

……ううん、ちょっと待って。待て待てあたし。

ミシュリーヌ様が二度も『殿下』と口にして、ラ・ファーベル男爵も背後に立たれているのに、どうして執事くんは驚いたり慌てたりしていないの……？

「もちろん、『姉さま』もご招待させていただきますよ、マリアンヌ・ラシェル殿下」

「え？」

「申し遅れましたが僕はリヒャルト、父の名代として、殿下をお迎えに上がりました。……ふふ、お付きの皆さんが楽しそうにしておられたので、僕も混ぜて貰ったんですよ！」

「……え？　あの、リヒャルトってまさか、第三王子のリヒャルト殿下!?」

目を丸くして驚くマリーだけど、こっちはもっと驚きたい。

流石に王子様のご登場は、もちろんあたしにも予想外だったよ……。


その日はリヒャルト殿下主催の小さな晩餐会《ばんさんかい》にご招待され、なんと、あたしまでお世話係付きのお風呂で身体中をぴかぴかに磨かれて、とんでもなく肌触《はだざわ》りのいいドレスを着せられた。

「アレットよ。いつぞやは驚かせたかな？」

「い、いえ……」

……今の方がもっと驚いてるに決まってます、リシャール二十四世陛下。

小さな晩餐会とは言いつつも、ヴィルトールの国王ヴィルヘルム『白竜王』陛下とともに何故かアルールの国王陛下が！

マリーはマリーでリヒャルト殿下といい雰囲気になってるし、あー、もう、何がなんだか!!

何食べたか覚えてないほど緊張続きの晩餐会がお開きになった後、あたしはマリーに手を引かれ、内輪だけのお茶会へと誘われた。マリーと二人、わざわざ旅回りの格好に戻り、陛下に旅のご報告をするという……これもお仕事のうち、なんだろうなあ。

「御爺様、わたくしの『姉さま』です！」

「おお、そうか！　では余《よ》の孫も同然よの！」

陛下は目尻のたれた優しい目でこちらを見て下さっているけれど、そういう問題じゃない。

落ち着こうとして、腰の杖の頭を撫でる。母さん、助けて……。

「ふむ、『翠玉の魔杖』、か……」

「え……!?」

どうして陛下が、母さんの杖の銘《めい》を!?

「フランセットの娘よ。あれは七年ほど前になるか、その杖が縦横に振るわれ船乗りが救われた事、余はしかと覚えておるぞ」

フランセットは母さんの名、七年前と言えばエヴルーの商船団《しょうせんだん》が海賊に襲われ、アルールに逃げ込んできたことがあった。あの日母さんは、魔法で船員さんを助けて回っていたはず……。

「彼女のこと、また父君《ちちぎみ》のことは真実《まこと》、残念であった。だが、酒場で逢《お》うたのもまた縁《えにし》、杖とともに志《こころざし》を継ぐ娘ならば、余の孫に良き心映《こころば》えをもたらしてくれようし……聊《いささ》か遅きに失《しっ》するが、礼とともにその旅立ちを祝《しゅく》したいと思うたのだ」

……そっか、母さんは、今もあたしを守ってくれてるんだね。

あたしは涙を隠すようにして、陛下に一礼した。……ありがと、母さん。

お茶会の後、その日の夜は、名残を惜しむようにしてマリーと二人、旅の思い出を語った。

「『姉さま』、お手紙下さいね！」

「うん、『マリー』！」

でも、マリーは陛下と一緒に竜でアルールへと帰る……お帰りになるし、あたしはシャルパンティエに行かなくちゃならない。

翌日、離宮の門まで見送ってくれたマリーと抱きしめあって、精一杯お互いを確かめる。

……引き換えにシャルパンティエまでの『一人旅』はとても寂しい気持ちで過ごすことになったけど、マリーと作った思い出が、あたしを支えてくれた。

ありがと、マリー！

第十話「冬狩りと御触書《おふれがき》」

今年最後の荷馬車――ルーヘンさんを筆頭に、五台の馬車がやってきていた――を見送ったその日の朝、ユリウスは領地拝領《はいりょう》以来初となる『領主様のお触《ふ》れ』とやらを出した。

家臣がわたししかいないから、力仕事は自分でやった方がずっと早いってせいもあるけど、小雪の舞う中、自分で広場に立て看板を立てている姿は、申し訳ないと思いつつもちょっと微笑ましかったのは誰にも話せない。

……ちなみに御触書の清書《せいしょ》は、もちろんわたしだ。

一つ、本日より翌四二四五年春待ちの月末日まで、現在シャルパンティエにて逗留中の冒険者に対し、毎月第五日、第十五日、第二十五日に限り、免状なしでも領内での狩猟を許す。

一つ、置罠《おきわな》は除外するが、前項の当該日《とうがいび》に仕掛け当該日中に回収する場合はこれも許す。

一つ、最終日までに狩った獲物の一番多い者には、タ－レル金貨一枚と剣一振りを贈りこれを賞す。

一つ、獲物の計数は、公平を期するためギルドにて職員立ち会いの下《もと》行う。
聖神暦《れき》四二四四年　年暮れの月　第十一日
ヴィルトール王国シャルパンティエ領初代領主ユリウス、記す。

税金増やしたりとか、〇〇を禁ずるっていうようなお触れじゃない。長い冬、冒険者達を厭《あ》きさせないための工夫のようなものだ。

洞窟内で緊張を強《し》いられ続けるのも良くないけど、宿との往復だけでは気鬱《きうつ》になってしまうこともある。だからと雪深い中では出せそうな依頼も雪かきぐらいしかないから、自主的に外に出る機会を作りやすいよう仕向けているんだって。

実は副賞の剣も、そこらの並品じゃなかった。

これはまだ内緒だけど、ラルスホルトくんが作った上物《じょうもの》の剣で、年明けしばらくに公表して参加者を煽《あお》るらしい。そんなに高価な賞品を出してお金は大丈夫なのかなと思ったら、秋の熊狩りが割に儲かったそうで……。あ、帰ってきた。

「ふう……」

「おかえりー。お疲れさま」

「すまんジネット、熱い茶をくれぬか?」

「もちろん、用意してあるよ」

「ほう、ありがたい！　……しかし、たったあれだけの作業なのに、芯まで身体が冷えきったぞ。同じ冬でもヴェルニエとシャルパンティエではこうも違うか」

雪を払って入ってきたユリウスに、ローゼルのお茶を差し出す。

そりゃあ、ねえ。まだ地面は見えてるけど、部屋の中にいても寒いぐらいだもん。

暖炉に火が入っていないと店番もつらいほどで、朝一番に熾《おき》を灰から掘り出して薪をくべるのが日課になっているし、わたしもさっき、一晩中軒先《のきさき》につるしておいたカブの葉っぱを取り込みに行ったとき、ユリウスと同じように身体が冷え切ってしまった。寒干《かんぼ》ししておくと日持ちするからね、春まではこれでもたせなきゃならないから結構な量なのよ。

寒いと言えば、二階で調合をしているアレットも、足下の湯たんぽと手を温める陶器の茶杯が手放せない様子。手先が狂うとお仕事にならないから、今の季節は特に大変そうだ。

「まあ、触書の方は追々《おいおい》広まるだろう。何せ、狭い村だからな」

「そうだ、少し気になっていたんだけど……」

「うむ？」

「雪の中歩き回って、危なくないの？」

「……安全、とは言い切れぬな」

ユリウスは静かに頷いて、椅子を暖炉の前に持って行った。髭の上についていた雪が溶けて冷たかったのか、顔を顰《しか》めている。

「だが、必要なのだ……と言えば、わかるか？」

「必要？」

うん、ごめん。よくわからない。

「何か事が起きた場合に、ヴェルニエと往復せねばならんのだが……俺が把握している限り、まともに雪中を行き来できる者は数人といないはずでな。彼らには悪いが、ある程度雪慣れして貰おうと思っているのだ」

「あー……」

「無論、こちらでも補いはつける。アルノルトには巡回を依頼したし、『孤月』には知識の伝授を頼んであるぞ。俺も巡回組だ。……ダンジョンとは別の危険を学ばせる意味も、ないわけではないな」

きちんと面倒を見た上で放り出そうってことなのかな。

まあね、身の安全が一番なら、そもそも危険な仕事を誰かの代わりに引き受けて報酬を得る冒険者とは一体何なのか、ってことになっちゃう。

「しかし、この調子だとあっと言う間に積もりそうだ。広場の井戸も……屋根はあるが、夜は蓋を置いた方がいいかもしれん」

「雪かきも大変そうだね。それぞれお店から井戸までは、自分のところでやるつもりだけど……」

「ここらはまだ、一晩で人の背丈ほど積もったりはせんだろう。まあ、ジネット達の手に余るようなら、ギルドに依頼を出すのも手だぞ。シャルパンティエには冒険者が山ほどいるからな」

「うん」

さて、今日も行って来るかとユリウスは立ち上がり、茶杯を空にして『魔晶石のかけら』亭に帰っていった。

彼はここ数日、雪が浅い内にと、雪山の中でも目立つ赤布の目印を木々の高いところに結んで回るお仕事を、一人淡々とこなしているのだ。


もちろん、わたしも遊んでいるわけにはいかない。

領主様に納める税金の計算を、そろそろまとめてしまいたいところだった。

先月までの集計はもう終えていて、あとは一週間ごとに合算《がっさん》している今月分を足してしまえばいいんだけど……今月に入って急激にお客さんが増えたから、まるで実家にいた頃に逆戻りしたようで忙しい。嬉しいんだけどねー。

ちなみにうちの場合、わたしとアレット二人分の人頭税にお店の売り上げの三割を足した、その半分——ユリウスは正式に、税の割引を決めていた——を足してだいたい六ターレル弱を納めることになる。実家に比べればうんと少ないけれど、初年度の半年なら頑張った方かな。

それに加えて店舗のお家賃が引っ越してきてからの五ヶ月分で五ターレル、合計十一ターレル少々を年末までに用意する必要があるんだけど……。

実家だとこの時期に右往左往《うおうさおう》してた気もするのに、これが既に用意できていたりする。

何故かと言えば、筆頭家臣のお給金がほぼ手つかずで積み上がっていったからだ。ヴェルニエで暮らしていた頃は何かと使っていたけれど、シャルパンティエに移ってからはお店の方の売り上げでなんとかなってた。

ちなみに家臣は領主様の庇護下《ひごか》にあると見なされるので、この給金には税が課《か》せられない。

でも、アレットが稼ぎ出した薬の売り上げがほぼ堅焼きパンの買い入れ代金の不足分を埋めてくれていたから、わりと綱渡りだったかもしれないなあって思ったりもする。

あとは……ユリウスから借りているお金なんだけど、これはまだちょっと返済できそうになかった。金額が大きかったから、借りるときに数年は覚悟してって最初に断りを入れてある。流石に躊躇ったけれど、必要だと彼が言いきったからにはわたしも応えなくちゃと引き受けた。

おまけに、彼が用意してくれと言った多少以上に高い品物は、赤銅持ちの冒険者達が実際によく買っていく。

回復の効能がない割に値段の高い血止めの香油は、出血を止めるだけなら他のお薬より効き目が早い。遮光覆《しゃこうおお》いと火元の両方で光量の調節が出来る高い方のランプも、赤銅持ちのいるパーティーは全員持っている筈《はず》だ。

ユリウスの見立てが正しいことはよく分かったし、売り上げの単価も大きくなったのでわたしも助かってるかな。

ともかく、『地竜の瞳』商会は最初の一歩を踏み出した。

今年だけでも色々あったし、前途《ぜんと》も多難《たなん》だ。ユリウスの支援がなければ、まだ開店にこぎ着けていなかったことも間違いない。もちろん、今年は半年で半歩進んだと胸を張って言えるよ。

「……さて、ちゃっちゃとやってしまいますか」

来年はもうちょっと楽な気分で年の瀬を迎えることが出来ればいいなと、わたしはそろそろ戻って来る冒険者達を迎える準備を始めた。

必ず売れる堅焼きパンは湿気《しけ》ると売り物にならないお陰で毎日樽から出して包むようにしているし、ポーションや丸薬、膏薬《こうやく》も予想外の数を注文されることがあるので一日に一度は必ず在庫の確認をする。

六十人から居る冒険者全員が一度に来るわけじゃないけれど、それなりに忙しかったりするのだ、これが。

夜になって。

「雪が止《や》んでよかったぁ」

「昨日はギルドと往復するだけでも大変だったもんねー」

店を閉めてからアレットと二人、いつものように『魔晶石のかけら』亭に向かう。

結局、夕食はあちらで食べるのが普通になってしまっていた。

一度くらいはユリウスを夕食に招待して腕を振るいたいんだけど、誘う口実が思いつかないまま、ずるずると時間だけが過ぎている。

「ね」

「ん？」

「お姉ちゃんさ」

「うん」

「シャルパンティエに来て、良かった？」

「うん、もちろん」

わたしは即答した。

実家アルールでの暮らしが、つまらなかったわけじゃない。こちらに来てからの一年が、とても大事な一年になってしまっただけだ。

「ユリウス様と会えたから？」

「……それも、あるよ。アレットも来てくれたしねー」

「わふ!?」

遠慮のない妹に、わたしはゆっくりと抱きついた。ふっふっふ、お姉ちゃんは知っているのだ！

「ところでさあ……」

「なあに、お姉ちゃん？」

「アレットってさ、ラルスホルトくんがそばにいるとき、ずいぶんお淑《しと》やかになるよね？」

「……!!」

おおー、アレットの身体が一瞬でかちんこちんに固まった。

……あったかい氷？　変だけど、そんな感じだ。お、おもしろい……。

まあ、これぱっかりは、付き合いの長さが同じだから仕方ない。わたしがユリウスを想《おも》っていることをアレットが一瞬で見抜いたように、わたしも逆に見抜けてしまうわけだ。

もちろん、ラルスホルトくんはいい子だし、上手くいってくれるとわたしも嬉しい。

「……」

「……」

「とりあえず……」

「うん、食べに行こっか」

ここは一時休戦……ううん、お互い想う相手が違うから、喧嘩にはならないか。

「絶対内緒だからね、お姉ちゃん！」

「お互いにね！」

わたし達は星明かりをきらきらと照り返す新雪を踏みながら、また『魔晶石のかけら』亭に向けて歩き出した。

そこはユリウスの暮らす家であり、鍛冶工房の明かりが消えているならラルスホルトくんも食事に来ているはずで。

そりゃあ、こっちで食べるのが普通になってしまってもしかたないなあと、わたしは一人納得することになった。


そんなこんなで、年暮れの月も半ばの第十五日。

日の出前からシャルパンティエは騒がしくなっていた。こんなに賑やかな広場を見るのは、初めてかもしれない。

「おっしゃ、一番は俺っちのパーティーがいただくぜ！」

「なんの、こっちには弓使いが居るってのを忘れんなよ！」

「賭けっか？」

「おう、いいぜ！」

ユリウスの出したお触れは、早速効果を発揮していた。

雪もまだ人が隠れるほどじゃないし、着込んでいれば寒さもそれほど苦痛じゃない。……らしい。

ユリウスから狩りのことで頼まれごとをしてるから、流石にお見送りぐらいはするけど、わたしは出来ればお店から一歩も出たくない。

「いってらっしゃーい！　気を付けてー！」

ほんとに気を付けてよ。みんな大事なお客さんなんだからね。

手製のかんじきや巻脚絆《ゲートル》を用意し、羊の脂《あぶら》をたっぷり塗ったミトンや手袋のまだ上に被せる指覆《ゆびおお》いをつけた冒険者達は、山中に散らばっていった。

流石に全員が狩人《かりゅうど》に転職したわけじゃなくて、数は二十人ぐらいかな？

面白そうな顔でお触れを見ていた人は多かったけど、案外少ないなって思ったりもする。

ちなみに狩猟免状で狩れる『野獣《やじゅう》』と、冒険者が免状なしで狩ってもお咎《とが》めのない『魔獣《まじゅう》』の線引きは、わたしからすればものすごく微妙だった。

『野獣』は魔力のない動物で、ウサギや鹿なんかはもちろん野獣だ。でも出会うと危険なヴァルトベアルもこっち側で、ちょっと首を傾げてしまう。

『魔獣』は魔力を持った動物で、大きさはあまり関係ない。でも困ったことに魔法を使うので、吼《ほ》え声に魔力が乗っていたり邪眼《じゃがん》を持っていたりと、面倒な相手だった。『魔虫《まちゅう》』って言う昆虫の魔物もいるけど……こっちは心底出会いたくない。

それはまあいいんだけど、例えばシャルパンティエのダンジョン第一階層に出るモグラとネズミを合わせたような魔獣アントモールは、魔力で身体を強化してるから、大きさはわたしが片手で持てるぐらいなのに動きも素早いし、運悪く体当たりされると大柄な冒険者でも吹っ飛ばされるそうだ。

見かけに騙《だま》されて、油断しちゃ駄目なんだって。

ちなみにこのアントモール、獲物にならないこともない……んだけど、お肉はなんだかよくわからない味で煮込み料理にしても柔らかくならず、毛皮は小さい上にごわごわで売りに出しても安いから、持ち帰られることはほとんどない。

第二階層の人型をした小さな悪魔インプはこれまた別の区分で、『魔族』にされていた。こっちはずる賢《がしこ》くてちょっと厄介だと、冒険者達がぼやいている。

アロイジウスさまによると、昔の偉い学者さんや貴族様が大枠を決めたそう。

でも、ギルドの図鑑にも載ってる同じ種類のはずが、それほど強くない魔獣だとダンジョンなら『魔獣』で野原で狩ると『野獣』とかそんなのはましな方で季節で変わる困ったさんもいるらしい。

ついでに言えば、シャルパンティエでは、ダンジョンの中で出会うのは全部魔獣で一括《ひとくく》りにしてあった。他のダンジョン持ちの領地を参考にユリウスとギルドで取り決めたそうだけど、専業の狩人さんがダンジョンに入ることはないし、税金の取り方で区別してるんだって。

なんとも世知辛《せちがら》いお話だよねえ……。


「さて、アルノルト……」

「ええ、行きますか」

「気を付けてね、ユリウス、アルノルトさん」

「うむ、行ってくる」

「お見送りありがとう、ジネットさん」

ユリウスとギルドの護衛隊長アルノルトさんは、雪慣れしていない冒険者達の補助だ。暇があったらウサギぐらいは手土産に持ち帰ってくれるそう。でもね、無事ならそれでいいんだよー。

二人を見送ったわたしは、店に戻って驚かされた。

アレットが起きてる。

「おはよー、お姉ちゃん」

「おはよ、アレット。……まだ寝ててもよかったのに」

彼女は昨晩、夜中まで薬草師のお仕事を頑張ってくれていたので、お寝坊でも怒ったりはしない。

うちのお店は昨日、狩りをせずダンジョンに向かうという『水鳥の尾羽根』さんから、朝の出に間に合わせて貰えれば助かるって、特別な注文を受けていた。ダンジョンから戻って二泊、間に休憩日を挟むシャルパンティエでは典型的な中堅さん達の行動だから、うちもなるべく合わせるように頑張っている。

彼らの注文は、世間では『黄色の魔法回復薬』と呼ばれるちょっと上等のお薬で、これを三本。売値も一本四グルデンと、『魔晶石のかけら』亭で半月も個室に泊まれる金額だった。その分、手間も魔力も材料費も掛かるけど、朝から大商いが出来たよ。

「んー、なんか表が騒がしかったし……」

「今日は狩りの日だからね」

「……そうだった」

「二度寝、する?」

「お昼寝の方がいいかなあ」

今夜はお肉だねーと笑顔を見せるアレットを、広場に誰もいないうちに井戸で顔洗っておいでと送り出す。

たしかに今日はちょっと賑やかな朝だったなあと思い返し、わたしも笑顔になった。


そんなこんなで冬狩りの初日、アレットは依頼を出していた毒蛇の頭が入荷《にゅうか》したので作業場で何やらやってたし、わたしは店番をしながら雪が降る前に掘り起こして寒干ししていたケアベルの根っこを砕いていた。粉を煮出《にだ》してお茶にすると、お腹の調子を整えてくれるし暖まるんだよねー。

昼間は冒険者もユリウスも出払ってたし、がやがやと賑わいだした広場の様子に気付いてやっと夕方だとわかったぐらいには暇だった。

「……ふう」

窓越しに覗くと、ギルドのあたりが騒がしくなっている。無事に獲物は捕れたのかなあ。

あ、ユリウスがこっちに来る。わたしも用意しておかないと……。

懐に入れた魔法の眼鏡『質屋の見台』があればそれだけでいいんだけど、外はとても寒い。

「アレットー！　お迎えが来たから店番お願いねー！」

「はーい！」

にわか狩人の人達も帰ってくるし、そうでなくても夕方は忙しいけど、前もって頼まれていたからにはね。

からららん。

「ただいまだ、ジネット」

「おかえり、ユリウス。……大丈夫だった？」

「うむ、先ほど最後のパーティーが戻ってきた。雪慣れておらぬ者には、早めに戻るよう告げていたからな。ふふ、洞窟とは段違いに寒いし、次回からは参加者も減るだろう」

そう言いつつも楽しそうなユリウスに首を傾げ、淹《い》れたばかりのお茶を差し出す。

「減るだろう……って、減ってもいいの？」

「ん？　ああ、減らしてからの方が煽り甲斐があるからな」

「……賞品にしたラルスホルトくんの魔法剣？」

「そういうことだ」

ユリウスはにやりと笑みを浮かべてから、ふうふうと冷ましたお茶を一口飲んだ。

意地悪、ってほどでもないんだろうけど、男の人はこういうの好きだよねえ……。


一枚余計に羽織《はお》った上から母さん譲りの『春待《はるまち》姫《ひめ》の外套《がいとう》』を被り、ユリウスの後ろをついてギルドに向かう。寒さを防ぐ魔法が掛かっているので、この季節は手放せない。

「……わたしはいつもと同じでいいんだよね?」

「ああ。行けばわかるが、立ち会いがつくぐらいで大して違いはない」

「うん。……寒っ」

広場を横切った向こうに行くだけなんだけど、やっぱり寒い。

靴についた雪を払ってギルドの扉をくぐれば、狩りに行ってない人まで集まっていてとても賑や

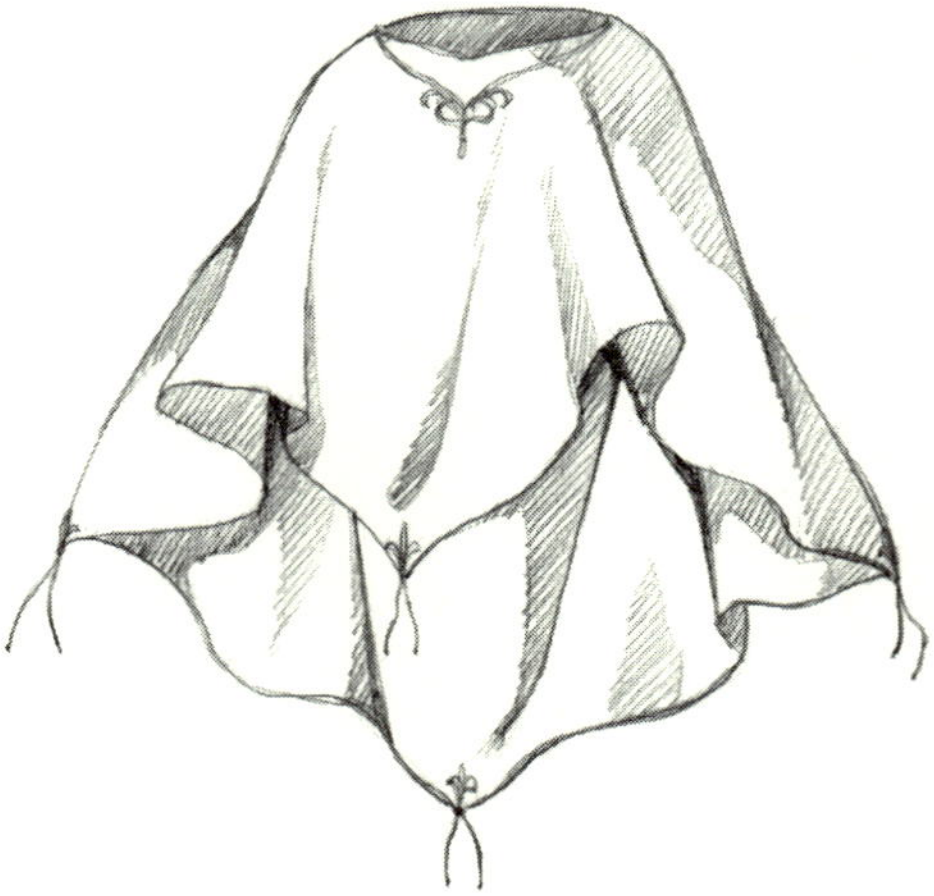

かだった。シャルパンティエには遊び場所もないから、ちょっとしたことでも気になるよねえ……。

「ジネット嬢ちゃんが来たぞ！」

「お、待ってたぜ！」

ギルドも『魔晶石のかけら』亭も、将来を見越《みこ》して大きめに作ってあるからまだまだ余裕あるけど、そのうち狭くなるときが来ると嬉しいなあ。……もちろん、ユリウスが喜ぶからってだけじゃなくてね、うちもお客さんがもっと増えて欲しい。

「今日のところはヤコビンかオスカーのシュネーフックスだろうが……」

「なに、数ならうちも負けちゃいないぜ！」

受付の床を汚さないように敷物が広げられていて、左からウサギが九羽《わ》にキツネ——シュネーフックスが二頭並んでいる。一応は、ウサギの毛皮とキツネのそれじゃ値段が全然違うから、キツネは大物……になるのかなあ？

実家でもお祭りの日とかに家鴨《アヒル》や鶏《にわとり》は捌いていたから、慣れてないってわけじゃない。でも、冬は臭いがきつくなくてほんとに助かる。毛皮もね、種類によっては脂抜きとか陰干《かげぼ》しとか、工房じゃなくて出荷前のお店の方がやっておかないと値段の変わるものがあるし、この秋はお店に持ち込まれる獣皮《じゅうひ》のお陰で大変だった。血抜きと解体はカールさんがやってくれるけれど、毛皮のお手入れはうちの店の仕事だ。当然、お肉代はカールさんで毛皮代はわたし。もちろん解体の手間賃もわたし持ち。

毛皮は春になるまで貯め込んで、雪が溶けたらヴェルニエの工房へと送り出す約束を取り付けていた。例えばウサギは帽子や手袋、キツネは襟巻きが定番で、ベアルの毛皮なら上物のソファや敷物になるし、傷の位置や毛質次第で切り取られて防寒具にされるかな。

「あ、今日は助手やります！」

「ありがと、ウルスラちゃん」

今日に限ってはギルドが一度獲物を預かって冒険者に代金を支払い、毛皮はうちの店が、肉は『魔晶石のかけら』亭が引き取る。公平な値付けが一番で……って、そこもいつも通りなんだけど、値付けするわたしには誰の獲物かわからないように番号が振ってあった。

「それじゃ、こっちからね」

「はい」

掛けた『質屋の見台』をくいっと持ち上げて、魔力を込める。

……解析《かいせき》せよ。

＜固有名称『高地《こうち》ウサギ』。

対象の種別は動物、相対価値〇・〇四一。

一般的な冬場の獲物で、初心者にも狩りやすい。

生息域《せいそくいき》は大陸全域で、高地に多い。

夏は黄褐色《おうかっしょく》、冬は灰白色《かいはくしょく》に体毛が生え替わり……＞

余計な部分はもちろん聞き飛ばす。

相対価値は昔の銀貨一枚と同じだから、今の半金貨と同額になるんだけど、つまりは『質屋の見台』が示した数字を半分にして一千を掛けたのが銅貨での売値、その半分が同じく買値《かいね》ということで……。

「……これは十ペニヒ半」

「はい、一番十ペニヒ半です」

「おっしゃ！」

「初の冬狩りにしてはまずまずだな」

喜んでるのは『英雄の剣』だ。

この子達はまだ駆け出しで、雪山でも大丈夫なのか心配だったけど、無事ならいいか。

「次は十一ペニヒ」

「はい、二番十一ペニヒ」

「やりい！」

「な、やっぱ俺っちの方がちょっと大きかったじゃねえか！」

「ちょびっとだけだろ！」

わたしが値段を告げるたびに大騒ぎだ。

皆で値付けを聞いて一喜一憂《いっきいちゆう》するのも、賑やかしの一つなんだろうなあ……。『魔晶石のかけら』亭の一泊分にちょっと足りないけど、飲み代《しろ》ぐらいにはなるもんね。

ウサギの値付けを終えれば、次はキツネだ。

注目が集まる。

「……こっちのキツネは四グロッシェンと八ペニヒ」

「はい、十番は四グロッシェンと八ペニヒ！」

「すげえ！」

「ほう……」

「結構な儲けになるな」

「ウサギとは違《ちが》わあな」

毛皮はもちろんキツネの方が高くて、お肉はウサギの方が高い。

キツネの肉はそのまま料理するとちょっとどころじゃなく臭いがきついから、これは仕方なかった。でも細く裂《さ》いて半日茹で汁を替えながら煮た後、香辛料《こうしんりょう》に絡めて干し肉にすれば美味しいんだよね。

さあ、残り一頭……。

「あら……？」

「どうしたんですか、ジネットさん？」

目の前の獲物は一番最後、一つ前のと同じ真っ白なキツネだった。同じ種類の獲物なら、大体は大きい小さいと毛並みの善し悪しで話が終わる。終わるんだけど……。

ベアルの皮ほどじゃないにしても、キツネにしてはおかしな十六グロッシェンと十ペニヒなんて囁《ささや》いてきた『質屋の見台』に首を傾げる。けれど、触れた手を戻してやり直しても同じ値付けだ。

「……ジネットさん？」

説明をそのまま聞いていくと、核心《かくしん》に当たる。『質屋の見台』が壊れたわけじゃないらしい。

「これ、ギルド預かりか後回しの方がいいかも」

「……ジネット？」

訝《いぶか》しげなユリウスに頷き、耳元に口を寄せる。……っていうか、耳を寄せて貰う。

「ユリウス」

「うむ？」

「この獲物……『質屋の見台』が、魔晶石飲んでるって」

「何だと!?」

ユリウスは目を見開いて大声を出した。

騒ぎになったら困ると思って耳打ちにしたのに、台無しだよ……。

第十一話「魔獣と魔晶石」

騒ぎになりかけたのをディートリンデさんがぱんぱんと手を打って鎮《しず》め、冒険者達が見守る中、大きな桶に移し替えたキツネをユリウスが自分で捌いていった。

手に汗握る……って程でもないけれど、今はギルドもしーんとしている。

「これを狩ったのは誰だ？」

「へい、俺達っす」

狩ったのは赤銅の中堅パーティー『獅子のたてがみ』、その名にあやかって髭を伸ばしてるのがちょっとむさ苦しいけど、気っ風のいい男所帯《おとこじょたい》だ。ユリウスと並べば大盗賊の親分と子分……じゃなくて、歴戦《れきせん》の傭兵団長とその部下に見えなくもないかな。

切っ先のない皮剥《は》ぎ専用のナイフ——剥皮刀《はくひとう》を動かす手だけは止めず、ユリウスは狩りをした状況などを聞き出していった。

場所はこの集落のだいたい真東《まひがし》、時間は昼過ぎ。夏だと遠くない場所でも、今は雪に足が取られてしまうから、今日の狩り場の中では結構奥まったあたりになる。

「……心《しん》の臓《ぞう》にもなかったな。腸《はらわた》か？」

桶はもちろん血だらけで、見ていて楽しくはないけど……とても大事なことだから、茶化したり目を背《そむ》けたりは出来ない。

それにしてもユリウス、すっごい手慣れてる。カールさんと同じぐらいの手際《てぎわ》で綺麗にキツネの毛皮を剥ぐと、腑分《ふわ》けした部分部分をじっくりと確かめていった。……あ、狩ったベアルの毛皮を一人で剥ぐぐらい、腕のいい猟師でもあったっけ。

「……あったぞ」

「おお！」

「マジっすか……」

『質屋の見台』は嘘をつかないんだろうけど、ほんとに出てきた。

指に乗るぐらい小粒のごくごく小さい物。でも魔晶石には違いない。

行儀悪く敷物の端っこで魔晶石の血を拭ったユリウスは、それをわたしに差し出した。

「ジネット、頼む」

「あ、うん」

指先で摘《つま》むと、ほんとに小さい。

わたしは『質屋の見台』を掛け直して、呪文を念《ねん》じた。

「……。質は三等級で重さは三グレン、お値段が……十二グロッシェンと四ペニヒ」

「キツネは?」

「合わせて十六グロッシェンと十ペニヒだったから、差し引き四グロッシェンと六ペニヒね」

「ふむ……」

むむむと考え込んでいるユリウスに、ちらっと目を向ける。一狩りで『魔晶石のかけら』亭の個室に食事付きで半月も泊まれるほど儲かるなんて、誰も考えてなかったはず。

ディートリンデさんも難しい顔になった。魔晶石はギルドで独占のはずが、ダンジョンの外からも見つかってしまったわけで、どう考えても面倒くさいよね……。

冒険者は……色々だ。次はうちの番だって盛り上がってる人もいるし、不安そうなのは……あ、『獅子のたてがみ』だけかな?

「よう」

「『孤月』、あらましは聞いたか?」

「うむ」

雪を落としながら入ってきたのは、アロイジウスさまだった。

ギルドの誰かが先に知らせを出したんだろう、わかったような風で二人は頷きあった。

「……『銀の炎』」

「はい、領主様」

「ともかく規定を守って獲物を狩り、魔晶石を持ち帰ったという事実には相違《そうい》ない。この獲物の狩り手には、割引なしの正価《せいか》……魔晶石込みの十六グロッシェンと十ペニヒを出してやりたいと思うが、ギルド側に何か問題はあるか?」

「今のところはございません」

ディートリンデさんの返事に頷いたユリウスは、『獅子のたてがみ』に向き直った。

「お前達もそれでいいか？　ダンジョンの外でも魔晶石が得られるとなれば、扱いについて問題となる可能性があるのでな、こちらで預からせて貰いたい。今回に限り、査定は正価としておくが……どうだろうか？」

「へい、それなら大丈夫です！」

「異議《いぎ》なし！」

この場は丸く収まった……と思う。

ダンジョンの中で狩ると魔晶石の値段も規定で割り引かれるところが、他の獲物と同じようにギルドが正価払いするなら、狩った人も損をしたわけじゃない。

ギルドがダンジョンの外で得られた魔晶石の権利は持っていないことも、さっきのやりとりで確認した。これは集まっている冒険者達に聞かせる為かな？

でも、お肉と毛皮はともかく、この場合、最終的に魔晶石のお金を払うのは誰になるんだろう？ユリウスになるのかギルドになるのか分からないけど、お金を払った人に所有の権利も移るから、それが誰なのかというのはとても重要だった。……うん、わたしも呼ばれそうだ。

「皆、聞いてくれるか。この事態はこちらも予想外でな、ダンジョン外で得られた魔晶石の扱いは決めていなかった。今回は一旦狩り手の物とした上でこちらで一切を預からせて貰ったが、今後の対応は……そうだな、数日中、遅くとも次回の解禁日までには触れを出すので、その様に心得《こころえ》ておいてくれ」

皆が素直に頷いて、その場はお開きになった。

「一番さーん！」

「うぃっす！」

「はい、こちら十ペニヒ半です」

ウルスラちゃんが並んだ冒険者達からタグを受け取り、書類と金庫を忙しく往復して支払いの手続きをしていく。

わたしは考え込むユリウスの隣で、同じように考え込むふりをしながらその表情を眺《なが》めていた。

ここはシャルパンティエ『領』で、『領主』様であるユリウスの言葉は絶対だ。

許可をしたのは狩人と同じく獲物だけを狩る権利で、魔晶石のことまでは許可していない……って言い張れば、さっきの魔晶石だって特権を振りかざして取り上げることが出来るほど。……そんなことを平気でするような領主様なら、わたしどころかアロイジウスさまやディートリンデさんがシャルパンティエにやってくるはずもないけどね。

ただ、ちょっと微妙なのは、ユリウスがシャルパンティエに住む皆から受けている信頼や尊敬は、魔銀持ちの元冒険者ってところが大半を占めていた。もちろん、悪いことじゃない。冒険者優先なところはあっても、ユリウスはしっかり領主様のお仕事と向き合っている。

でもね、そのまま意気投合してダンジョンの奥深くに入っていっちゃいそうで、わたしはいつも心配なんだよ……。

「……食いながら話すか」

「うむ」

「ディートリンデ君、部屋を借りるぞ」

「畏まりました。ウルスラ、カールさんに四人分の食事を頼んできて貰える?」

「はい、マスター・ディートリンデ!」

「ジネット、用意の方を頼む。俺は桶を始末してくる」

「はい」

解散の合図に、わたしも気持ちを切り替えた。

早めに決めてしまわないと……って、やっぱり数に入ってたか。

わたしも一旦戻ろう。アレットにお店のこと頼んでおかなきゃ。

真面目な話し合いがある時は、口約束や覚書《おぼえがき》を通り越して公文書《こうぶんしょ》や契約書にまで繋がることが多い。下書きのまとめから清書まで、これらは全部筆頭家臣のお仕事で、その為の道具は全部うちのお店の奥の棚に揃っていた。

おかげで紋章の刻まれた指輪さえあれば、ユリウスの用意は済んでしまうのだ。

「この魔晶石が腸《はらわた》から出てきたのは間違いない。ジネットの見立てでも、シュネーフックスと出ていたからな」

「肉身《にくみ》に取り込まれて魔変《まへん》する前だったのだろう?」

「うむ」

「ならば、まだ大事《おおごと》にはせんでよいか……」

冒険者を帰し、ギルドの店じまいが終わってしばらく。

ギルドマスターの部屋にはユリウス、アロイジウスさま、ディートリンデさんにわたしの四人が集まって、ウサギ肉の『入っていない』シチューをつつきながら話し合いを続けていた。

さっきまで毛皮のついてたウサギを捌いて煮込んで料理にしようと思えば、いくらカールさんでも半刻《はんとき》はかかる。ちょっと惜しいけどそれどころじゃないし、忙しい時間に出前《でまえ》を頼むのも気が引けるので今日は我慢だ。

机の真ん中には、件《くだん》の魔晶石が置かれている。重さは三グレン……麦三粒ほどだけど、この小さな石が重さ以上に深刻な話を持ち込んでくれたわけで、少々憎《にく》たらしい。

「しかし……」

「ふむ？」

「魔雪狐《ませっこ》ではなかったが、今後出ないとも限らんのが厄介だな。『ルードヴィヒスブルクの闇穴《やみあな》』のように、そこかしこにぼこんぼこんと穴が開いてやがるわけでもねえだろうが……」

「流石にルードヴィヒスブルクほど目立つなら、夏の内に気付いているぞ。だがまあ、もう一つ二つダンジョンの入り口が開いているのは間違いなかろうな。……ふむ、中から探す方が早いか」

やれやれとため息をつくユリウスに、わたしもあーあとため息を重ねる。

この魔晶石を誰が買い取るかという話は、ユリウスが買い取りを宣言してディートリンデさんとアロイジウスさまが頷いただけで終わった。それが重い話題になったのは、魔晶石持ちの『何か』がまだ他に領内をうろついているかもしれないこと、そしてその『何か』が対処しきれないほど多かった時どうするかということが、とても重大な問題だったからだ。

身体の内に取り込んだ魔晶石のお陰で、普通の獣《けもの》が魔獣化することがあるけれど、ベアルのような大物が魔晶石を飲んで魔変すると今のユリウスでもちょっと荷が重いらしい。今は冬ごもりの時期で、ベアルもうろうろしていないからまだましだけど、狼《おおかみ》だっているだろうし……。

春になればアレットが薬草を採りにまた山に入るはずで、魔法は出来る子だけど、護衛付きでもやっぱり心配だよ。

「『洞窟狼』よ、次の狩りも予定通り行うのだろう？」

「うむ。……ああ、注意の喚起《かんき》だけというのもいかんか。春までの限定で正価買い取りも続けることとしたいが……どうだ？」

「構わんだろう。塞いでしまうまでの一時《いっとき》だ」

「はい。それにこちらが外の権利まで預かれば、息抜きの筈が逆効果になりますわ。直接お預かりになる方が宜《よろ》しいかと」

「そうだな、不満も溜まるか。儲けはほとんど出ないだろうが、俺が一切を預かろう。よし、それでいくぞ」

たぶんもう一つ、どこかにダンジョンの入り口があって、そこから迷い出た『何か』――たぶん、インプ――をキツネが食べたんだろうって、ユリウスは見立てていた。

インプはすばしっこいって聞くけど、魔獣でもないキツネに狩れるんだろうかと、わたしは少しだけ不思議に思う。そりゃあ、中には運の悪いインプや、冒険者に傷つけられながらも逃げ出して、地上に出ちゃったのがいるかもしれないけど……。

ともかく。

別の入り口が開いていても今は雪でわかりにくいだろうから、あたりをつけてダンジョンの中から探し当て、春になったら魔法陣《まほうじん》で封じてから埋めてしまうことに決まった。

「領主様、第一階層だけでも正確な地図作成を急がせましょうか？　今後のこともありますし……」

「……俺が出よう。まあ、問題あるまい」

ユリウスは左手を閉じたり開いたり――徐々に力は入るようになっているけど、やっぱり完全には治らないらしい――して、感触を確かめている。

今も大まかな地図はあるし徐々に空白も埋められているけれど、全ての分かれ道を記録した完全な地図はなかった。

それにしても、やっぱりユリウスは自分で行くつもりなんだね。インプはベアルより弱いらしいから、それより弱い魔物しか出てこない第一階層なら大丈夫……かな？

「ではギルドからも……そうですわね、ローデリヒを出しましょう」

「ついでだ、『英雄の剣』でも連れて行け。あの様子なら、そろそろよかろう？」

「……ふむ」

これはわたしも大賛成。パーティーを組むなら、一人よりはずっと安心してユリウスを送り出せる。

救助隊のローデリヒさんはユリウスと同い年ぐらいの元冒険者で、ディートリンデさんと同じく魔術師だ。『英雄の剣』は真鍮持ちの駆け出しだけど、第一階層に限っては一番慣れているパーティーかもしれない。彼ら『英雄の剣』以外のパーティーは大抵、第二階層の降り口に直行《ちょっこう》しちゃうからね。

それにアロイジウスさまの口振《くちぶ》りからは、前に聞いた『新人を育てる』っていう意味があるような気もする。ちょっとでも一人前に近づいてくれると、お店としてもわたし個人としても嬉しいよ。

「今日のところはこのあたりか」

「うむ。では……明日は準備、明後日から潜る。『英雄の剣』には俺から声を掛けておこう」

「はい、こちらもそのように」

ユリウスとアロイジウスさまが頷いて会議はお開きになり、わたしはお触れの下書きに必要な内容をまとめた紙をとんとんと整えた。

「ああ、忘れていた。ジネット」

「なあに？　……え!?」

件の魔晶石が、わたしの手に乗せられる。

「任せた。売れそうなら売ってくれ」

「あ、うん」

……そういうことね。頷いて懐に仕舞《しま》い込む。

この雪じゃ誰も買い付けに来ない筈で、春までは預かりになるかなあ。

お得意さん達には怒られてしまいそうだけど、狩りで持ち帰る魔晶石は、なるべく少ない数で済ませて欲しいところだよ……。

第十二話「予兆《よちょう》」

狩られたキツネがちょっとした騒ぎを引き起こした翌日、魔晶石は無事に売れていった。……うちに薬草師さんがいたのを忘れてたよ。

「ポーションの触媒《しょくばい》とか粉薬に使うだけだから、沢山はいらないけどねー。この前の注文でだいぶ使っちゃったから、どちらにしてもギルドから買うつもりしてたし」

というわけで、魔晶石はアレットがお買い上げ。お会計は仕入れ値と相場の差額《さがく》の真ん中より少し上あたり、お店の取り分なしで税額だけ上乗せ――ユリウスの利益だけにしておいた。結局はお薬にして売るから、ここでお店の利益を計算しても意味がないってだけなんだけどね。ギルドから買うよりはちょっとお得かな?

もちろん、雪で閉ざされたシャルパンティエじゃ、今の相場なんてわからないから、ギルドの規定と同じく冬ごもり前の価格で計算してる。

魔晶石の一番多い使い道は魔導具の部品で、大きさや品質を計算しながら組み合わせたり、指先に乗るほど小さい石にものすごく小さな字で細かい魔法陣や呪文を刻《きざ》んだりするらしい。……って、薬草師のお仕事以上に難しいので、わたしにはよく分からないことも多い。実家のはす向かいにも魔導具工房があったけど、うちの店は魔導具なんてほとんど扱っていなかったから、世間話はしてもお仕事の話にはならなかったっけ……。

「並品みたいだし、この大きさなら赤の魔力回復薬三本ってとこかな」

「そっちは任せるわ」

「はあい」

懐《ふところ》事情はそのまま消耗品や装備の質に直結するものの、腕がいいなら同じ仕事でも安く上げられるので、中級付近の人も赤の印がついた安いポーションはよく買っていく。

でも高い薬は効果が高いことも間違いないし、冒険者にも切り札の一本になるけれど、やっぱりお財布に優しくない。昨日売れていった黄色の魔法回復薬なんかは、間違いなく切り札の方になるだろう。

「赤三本作るよりは、橙色一本作る方が楽なんだけどなあ……」

「そのうち普段使いしてくれる人も出てくるでしょ。『水鳥の尾羽根』さんや『獅子のたてがみ』さん、真面目に白銀《はくぎん》への昇格狙《ねら》ってるらしいし？」

「頑張って貰いたいよねー」

期待はしてるよーと二階に上がるアレットを見送り、わたしもユリウスからの頼まれ物を揃えはじめた。

堅焼きパンと鹿の干し肉はローデリヒさんと『英雄の剣』まで数えた五人の七日分、新調したいと言われた予備の水袋、ランプ油に血止めの香油、それからそれから……金額は最近じゃ大口ってほどでもないけれど、人数が多いので結構な量になる。

ちなみに当人は、ラルスホルトくんのところで何やらやっていた。

ユリウスは左腕に怪我をしてから、愛用していた盾が使えなくなっている。引退を決断した最大の理由だし、今も重い物は持てないけれど、ないよりましの腕防具を作って貰うんだって。


夕方になって、そのユリウスが帰ってきた。

慣らしを兼ねている様子で、腕に新品の防具をつけてるんだけど……。

「すまんな、調整が長引いた」

「……えっと、それが出来上がった防具？」

ユリウスは納得している様子でも、わたしから見るとかなり頼りない。

駆け出しの『英雄の剣』でも、もうちょっとましな小盾《こたて》を持ってるよ……。

「うむ、これは軽装備の兵士が使う篭手《こて》の類《たぐい》、その簡易版になるか。剣を受けるには少々心許《こころもと》ないが、これ以上重くては腕の方が負けるのでな……」

長さは丁度ユリウスの肘から手の甲まで、見かけはわたしの指よりちょっと太い金属の棒が三本並んでいて、腕に合わせて曲げられた金属棒に取り付けられている。それを数カ所、革ひもで太い腕に結んであった。

「防具一つで楽に捌けるとは言え、インプの素早さも馬鹿にしたものではないのだ。いらん怪我をするのも癪《しゃく》だろう？　ラルスホルトが居《お》らねば、腕に麻縄を幾重《いくえ》にも巻く羽目《はめ》になっていたところだった」

「革の小盾の方がいいと思うんだけど……。一番小さいのなら、そんなに重くもないでしょ？」

「……一番近い防具屋はヴェルニエだ」

「……あー、ごめん。補修用の短い革と紐ならあるけど、使う？」

「いや、今回はインプの鉤爪《かぎづめ》を弾くだけだからな、これでいい」

うん、そうだった。

金属の鎧や篭手ならラルスホルトくんが何とかしてくれるけれど、シャルパンティエには革職人も木工職人もいない。

補修用の革は、うちの在庫にもある。でも、本体も仕入れた方がいいのか迷うところだ。

春になれば、廊下にまではみ出てる堅焼きパンの樽もなくなるし、革の防具や木の盾のような『装備品』の仕入れも考えようかな。

わたしが用意した荷物を確かめながら、それもこれも我が身の不徳故《ふとくゆえ》だと、ユリウスは鼻を鳴らした。

「……昨日、な」

「ユリウス？」

「俺が行くとは言ったが、もうダンジョンに入るつもりはなかったのだ」

「そうなの？」

自分の中に、何か決め事があるような雰囲気のユリウス。

でも……。

「……ユリウスは、いつもみんなと一緒に冒険したがってるんじゃないかって思ってたけど？」

「む、ジネットにはそう見えていたのか？」

「うん」

いっつも冒険者のことが一番だし、冒険者と話をしている時のユリウスは、楽しそうな様子を見せることが多い。わたしの見間違いじゃないと思うんだけどなあ……。

それに決め事にしておかないと我慢できそうにないなら、やっぱり行きたいんじゃないのかなとも思う。本当にダンジョンどころか日常生活に支障が出るような状態なら、わたしも本気で止めようとするだろう。……っていうか、ギルドに依頼出して監視役雇ってでも絶対に止める。

でもユリウスは引退した今でさえ、小雪の降る中、一人でベアル狩ってくるような力量を持っていた。無茶さえしないならそこらの冒険者よりずっと頼りになるはず、真鍮の三人を連れていても、シャルパンティエの誰よりも稼いできそうなぐらいだ。

頼りない防具にしても、きちんと用意を調えるということは、魔物の癖《くせ》や行動と、それのあるなしで結果が変わることをよく知っているってことだもんね。

店先で沢山の冒険者を見てきたわたしには、そのぐらいわかっちゃうんだよ。

でもそのユリウスは、複雑そうな顔で頭をがしがしと掻いていた。……言い当てられたのが悔しかったのだとしたら、ちょっとだけごめんなさいだね。

「あれ?」

「どうした?」

「わたし、『英雄の剣』を連れていくから第一階層を探索するんだとばかり思ってたんだけど……もしかして、第二階層にも行くの?」

そうだった。

魔晶石持ちの魔物は、第一階層には出なかったはず、でも外に出てるのは魔晶石を持った『何か』で、例えば小さな魔族インプの可能性が高い。つまり、地上への穴が開いているのは……第二階層だね。

「無論、第一階層の地図にもまだまだ白い部分は多いが、今回は第二階層が主となる。本格的な踏破《とうは》ではないし、北側の地図が埋まれば引き上げるがな。その為の俺とローデリヒだ」

駆け出しの『英雄の剣』に、地図作製にかこつけた野営《やえい》訓練をさせるのは変わりなくても、やっぱり第二階層に到達させる気なんだ。

そっか、わたし以外は、第二階層のつもりで準備進めてたのね。出発前に気付けてよかったよ。

「俺はともかく、ローデリヒは引退者と言っても腕が鈍って冒険者を辞《や》めたわけではない。アルノルトと同じでな、腕を買われてギルドに職を得た故に形式上引退しただけの現役だ。確か白銀で長くやってたはずだぞ」

「ローデリヒさん、いい腕してるんだ」

「探索者としてなら、シャルパンティエの三番手だな」

「……ふうん」

暗に自分が一番だって言ってるし……。

ローデリヒさんは、ギルドの中だと護衛隊長アルノルトさんに次《つ》ぐ副隊長さんだ。

当然アルノルトさんが一番なんだけど、そのアルノルトさん自身、まだまだユリウスに及ばないって酒場でぼやいてたのは聞いたことがある。アロイジウスさまが、そうほいほいと魔銀持ちが現れてたまるかって、茶化《ちゃか》してたっけ。

ユリウスによれば、魔法ならディートリンデさんがシャルパンティエの一番でも、叛乱《はんらん》や魔族の討伐なんかの傭兵仕事が本領で、ダンジョンの踏破はローデリヒさんの方が経験豊富で実績もすごいらしい。

そこいらの冒険者より強いギルド関係者ってどうなのかなとも思うけれど、『シャルパンティエ山の魔窟』はまだ底が知れなかった。だから万が一何かあったとき、それなりの働きが出来る人が居ないと……うん、確かに困るよね。

それにシャルパンティエは国境の領地でヴェルニエ以外の両隣は無人領、おまけに隣国も山続きの無人領が広がる地域だった。いつぞやの辺境巡察官様も気にしていたけれど、近所で魔物が大暴れしたとき、一番最初に気付くのがわたし達って可能性があったりする。

「まあ、七日丸々潜るつもりはないが、その間の事は頼むぞ」

「うん。……そうだ、ちょっと待ってて」

二階の部屋に駆け上がって、寝室の小物入れをごそごそ。

すぐに戻って、ユリウスの手に『それ』を握らせる。……おっきい手だなあ、ほんと。

「うむ？」

「一応、持っていって。わたしがアルールを旅立つとき、アレットに貰った緑の万能薬よ」

毒や麻痺《まひ》、気付《きつ》けにも効果がある上、千切《ちぎ》れた足ぐらいならその場でくっつけられるっていう、シャルパンティエの第二階層には不釣り合いなぐらい超強力なポーションだ。

うちの店では、『扱っていない』ことになっている。……お値段が高すぎて、注文する人がいないって実状もあるけどねー。

でも、ユリウスぐらいの一流冒険者なら、こういうのを一本持っていると行動の端々に余裕が出来るはず。

「……いいのか？」

「もちろん」

心配はしているけれど、余計なことは言わない。

流石にダンジョンの中のことは、わたしよりもユリウスの方がよく知っているはずだった。


昨日は狩りの日で賑やかさはこの冬一番だったけれど、ダンジョンからは数日に一度しか戻らない冒険者がほとんどのシャルパンティエ。

今日の『魔晶石のかけら』亭は十五人ぐらいの入りで、これでも普段よりは多い方かな。今日帰ってきた人達に加えて、昨日外で動き回った分、休憩日をずらした人達が混じってる。

「まずこの奥、第二階層の降り口すぐにわき水がある。ここが第一の目標だ。明日は一気に進むからな」

「げ!?」

「あの、いきなり第二階層っすか!?」

「他のパーティーも大概はここを根城《ねじろ》にしているぞ。知った顔ばかりだ、万が一のことがあってもここに逃げ込めば助かる可能性が高い」

「なるほど……」

今日の夕食は、久々にユリウスとは別のテーブルになった。

救出訓練で何度も第二階層に潜ったことがあるローデリヒさんを中心に、ユリウスと『英雄の剣』が地図を囲んでお茶を片手にパンを齧《かじ》っている。冒険前日の打ち合わせだから流石にお酒は抜きの様子、今日の夕食も『お勉強』のうちかな。

「お姉ちゃん、よそ見してるとこぼすよ」

「あー、うん。……ごめん」

気にはなるけどあっちの邪魔をする気はなかったので、わたしはアレットとイーダちゃんのお席にお邪魔してる。ユリウス達と隣り合わせだけどね。

「あれ、イーダちゃん?」

「はい?」

「お兄ちゃんは?　いつもならラルスホルトくんと一緒に食べてる頃だと思うんだけど……」

「そう言えば、ラルスホルトくんも遅いね」

最近は若い男の子同士仲良くなったみたいで、ディータくんとラルスホルトくんは二人で夕食を食べていることが多い。アレットとイーダちゃんを加えた四人でテーブルを囲っているのもよく見るかな。

「お兄ちゃんは、ラルスホルトさんと新しい天板《てんばん》のお話してました。お腹が空いたらこっちにくると思います」

「お仕事じゃしょうがないか……」

「あっちもこっちも、忙しそうだね」

わたしも組合絡みのお仕事は冬に入って減ったけど、領主様のお仕事の方はそろそろ年末が迫っているので、税金の徴収《ちょうしゅう》やその後貢納金《こうのうきん》に添える書類の準備もしておかなきゃならない。お店の方も店番だけってわけにはいかなくて、雪かきが増えたしともかく荷物が増えたから、掃除一つ取っても面倒だ。

「……くしゅん」

「イーダちゃん、風邪《かぜ》?」

「いえ、熱もないし頭も痛くないから、大丈夫だと思いますけど……」

「やっぱり平地に比べて寒いもんね」

「今日は早めに解散しよっか」

うちも含めて営業許可証を持つのは五軒きり、『猟師』のアロイジウスさまご夫妻含めても二十人足らずの集落だけど、王国に出す書類の清書までは……わたしがやるんだろうなあ。

もちろん、税制度の雛形さえ丸投げしてきた領主様だ、これら面倒な書類仕事も投げてくるに違いなかった。

シャルパンティエの
雑貨屋さん

General Store in Charpentier

Welcome to a general store in Charpentier, the firm of ground dragon eyes.
There is surely the item which you are looking for.
Ginette, a beautiful store manager waits with a smile anytime.

外伝二　「大人の手前、子供の向こう」

外伝「大人の手前、子供の向こう」

マリーと別れ、王都グランヴィルを出て半月後、最寄りの街だというヴェルニエに着いたあたしは、ギルドで教えられた『パイプと蜜酒』亭という名の冒険者宿に向かった。

……うん、もう大丈夫。気分はなんとか元通り、かな。ジネット姉さんに涙は見せられないよね。

「おう、シャルパンティエなら、うちの宿がまとめ役になっとるからな。ルーヘンは今日、戻る日だったから……よし、明日の朝一番、早出《はやで》でいいなら荷馬車に声を掛けておこう」

「はい、お願いします！」

名前を出しただけでさっとお話を通して貰えるぐらい、シャルパンティエはこちらじゃ有名っぽくてほっとしたのは内緒だ。

「随分と大荷物だが、嬢ちゃんも『シャルパンティエ山の魔窟』の噂を聞いてここへ来たのかい？」

「いいえ、姉がお店をやってるんです」

「店!? ……もしかして、ジネット嬢ちゃんの雑貨屋か！」

何故か不思議なことに、食事付きお湯付きの宿代がただになった。……あれ？

一晩ぐっすり眠った次の日、今度は小さな荷馬車の旅だけど、シャルパンティエはお隣の領地で、思ったよりはずっと近かった。いよいよ、だね。

「なんだ、ジネットさんはそんな肝心《かんじん》なこと、手紙に書いてなかったのかい？」

「そうなんですよ、ルーヘンさん！　だからこっちに来て、びっくりしちゃって……」

それにしても、筆頭家臣とか聞いてないよ、お姉ちゃん！

昨日、宿のご主人マテウスさんからも教えて貰ったけど、『ジネット様』が領主様との間に入って下さるので、色々とやりやすいんだって。ほんと、何やってるんだか……。

「おう、見えてきたぜ」

「へえ……」

木々の向こうに、お城がちらっと見える。へえ、ここがシャルパンティエかあ……。

「お疲れさまでしたー」

「おう！　そっちこそお疲れさまだ。そこの店だぜ！」

「ありがとうございます」

広場の端っこに薬瓶の鉄看板がぶら下がったお店があるけど……思ったよりも店構えが大きい。大きすぎる。これで週に三人のお客さんって、お家賃、大丈夫なのかな？

「おう、ジネットさん！」

「あ、お姉ちゃん！」

「ア、アレット!?　な、なんで？」

お姉ちゃんだ!!

間違いなく、本物のジネット姉さんがそこにいた。

……顔見て泣きそうになったけど、我慢していつもの笑顔を作る。

「お姉ちゃん、久しぶり。髪伸びたねー」

「そりゃ伸ばしてるし……って、そうじゃないでしょう」

ジネット姉さんは、いつも通りっぽい。

でも、ちょっと嬉しそうなのは、あたしに会えたからだよね！


夕食はお姉ちゃんと二人きりかと思ったら、大男が一緒についてきたのでちょっと慌てた。迫力あり過ぎて、思わず見上げたままぽかんとしたよ。

アルールのことやマリーのこと、お姉ちゃんとお話ししたいことがいっぱいあるのにな……。

「ジネットの妹らしいと言えば、らしいか」

「まあ、気持ちは分かるかな」

ユリウスと名乗った大男の腰には、あたしのフレアコートなんかとは比べ物にならないくらい、上等な魔法が掛かっていそうな剣があった。他の冒険者達だって、こっちに近づきもせず遠巻きに見てるし、絶対に逆らっちゃいけない雰囲気がありすぎて……逃げたい。

「しかし、薬草師の来訪《らいほう》は実にありがたいな」

「そうだよねえ。あ、ユリウスも注文していいからね。わたしが言うのも何だけど、母さん譲りで腕はほんとにいいよ」

「ほう……」

でも、大男の姿形や迫力はどうでもいい。

お姉ちゃんが、男の人に甘えてる!! ……ってことが、あたしにはびっくりだった。

大兄さん相手と同じぐらいか、それ以上の甘え具合だよ。身持ちが堅いっていうより男の人が嫌いなのかって思うぐらい、話聞いただけでお見合いの相手を全部断ってしまったあのジネット姉さんが……どういうこと!?

そりゃあね、もしかしたら本当にすごい冒険者なのかもしれないけれど、もうちょっとこう、選びようはなかったのかなって思う。あたしには、お姉ちゃんの好みが分からなくなったよ……。

「ユリウス」

「うむ」

お姉ちゃんは『普通』に接してるつもりかもしれないけど、やっぱり甘えすぎだ。ワインの注ぎ足しとか、お兄ちゃん相手でも滅多にしなかったよね?

でも、正直言ってあんまり羨ましい気分にはならないかな。楽しそうだけど、大男は歳もかなり上っぽいし、やっぱり恋人には微妙すぎだよ。

あたしはもっと、さらっとして、きりっとしてる方が好みかなあ。

歳が上か下かはどっちでもいいし、身長も、高くても低くても気にしない。あんまり頼りなくても困るけど、目の前の大男のようにがっしりしすぎてるのもちょっとやだ。

そう、丁度いま、向こうからくる男の子、あれぐらい均整《きんせい》がとれてて、無茶をしそうにない……。

「こんばんは、遅くなりました！」

「お疲れさま！　あ、紹介しておくね、ラルスホルトくん。さっきシャルパンティエに来たばっかりの上の妹、アレットだよ！」

「こんばんは！　僕はラルスホルト、鍛冶屋です」

「こ、こんばんは、アレットと『申します』」

「アレット、お手紙にも書いたけど、ベルトホルトお爺ちゃんのお孫さんだよ」

……ふ、ふうん、彼がラルスホルトくんなんだ。

あんまりお爺ちゃんとは似てないかな。お姉ちゃんの手紙通り、あたしと同い年ぐらいに見える。

「ディータくん達は？」

「後から来ると思います」

同じテーブルにはもう一つ席が空いてるのに、隣のテーブルに座られてしまった。……ちょっと残念。

「アロイジウスさま、パウリーネさま、こんばんは！」

「はい、こんばんは、ジネット」

「よう」

「おう」

ラルスホルトくんを紹介された後、しばらくしてこちらのテーブルにやってきたのは、身なりのいい老夫婦だった。冒険者かなと思ったけど、腰に得物《えもの》は何もない。

このシャルパンティエは今年開村したばかりだし、『シャルパンティエ山の魔窟』しか儲け口がないのにこのお年で住むって……もしかして、領主様!?

ジネット姉さんが丁寧に接してるし、間違いないよね。

「お二人にも紹介しますね。わたしの上の妹、アレットです。今日から一緒に暮らしますので、よろしくお願いします」

「初めまして、アルールより参りました、アレットです」

「まあ！　お姉さんを訪ねてらしたのね！」

「アレットは薬草師なんですよ」

「ほう、そりゃあいい」

他にも宿のカールさん夫婦、やってきた順にパン屋さんのディータくん、イーダちゃん兄妹やギルドの皆さんを紹介されていく。お姉ちゃんが苦労してるんじゃないかって少し心配だったけれど、とりあえずは……いい村でよかった。

アルールとはちょっと違う、けれどどこか同じように優しい村、シャルパンティエ。

うん、いいじゃない。あたしはもう、ここが気に入ったよ！

食事を終えてお店に戻れば、床まではみ出そうなほどの樽がお迎えしてくれた。ほとんどが堅焼きパンで、幾つかは荷箱《にばこ》代わりに使われてるのかな、冒険小物が見えている。

「倉庫だけかと思ったら、二階の奥まで!?　こんなに仕入れてどうするのよ、お姉ちゃん……」

「村ごと冬ごもりになっちゃうからね、仕方ないの。売り切って空いたら、一部屋使っていいからねー。ほらおいで、こっちがわたしの部屋」

「うへえ……」

「さ、寝るよ。……あんたのベッドも注文だけはしておかなきゃね。先に手紙くれてれば、もうちょっと何とかしてあげられたんだけどぉ？」

「……筆無精《ふでぶしょう》のお姉ちゃんを驚かせようって、ちょっと思ってただけだよぉ？」

「む……」

ふざけあってから、せーので掛け布団を被り、ばたんと寝る。

昔はこうやって、ずーっと一緒のベッドで寝てたっけ。何年振りかなあ……。

「そうだ、お姉ちゃん」

「なあに？」

「領主様には、もう一度お伺いしてきちんと挨拶した方がいいかな？」

「んー、別にいいんじゃないの？」

「でも、お姉ちゃんのお店を間借《まが》りするにしても、薬草師の免状も確認していただいて覚え書きを頂戴しておかなきゃいけないよね？」

「そっちはわたしの仕事になるかな」

そうだった。筆頭家臣の『ジネット様』は、今あたしの隣にいるお姉ちゃんだ。

「でも、領主様の奥方様、とっても感じのいい方だったねー」

「……奥方様!?　独身だよ、ユリウスは！」

「へ!?　領主様はアロイジウスさまでその奥様ってパウリーネさまでしょ？」

「領主様はユリウスだよ！」

二人して、あっと顔を見合わせる。

あの大男が、領主様って!?

「……じゃあ、アロイジウスさまは？」

「今年引退されたヴェルニエギルドの元マスターだよ」

「……お姉ちゃん、そういう大事なことは、紹介する時にきちんと言って欲しいんだけど！」

「え、言わなかったっけ？」

あー、もうね……。

ジョルジェット姉さんもよく言ってたけど、ジネット姉さんはやっぱりどこか抜けてる。


次の日からは、流石にあたしも気持ちを切り替えたよ。……色々と。

あたしは薬草師のお仕事の準備だけど、お姉ちゃんから好きにしていいって言われた二階の部屋は、大きすぎてどうしようかと迷うほどで、ちょっと……かなり呆れている。

「……はあ」

持ってきた道具を机に並べてみたけどこれは本当に最低限で、実家と同じほどに充実させるなら、一体何年掛かるやら分からない。

小さな天秤はよく使い込んであるけれど、あたしが薬草師の勉強を始めたての頃、母さんから譲って貰った物だ。冒険者時代から使っていた旅道具らしく、分解できるようになっている。

大中小ひと揃いの薬匙《やくさじ》はすり切りと一緒に使えばもうどのぐらいの量か感覚で分かるぐらい使い慣れている相棒《あいぼう》だし、小さな引き出しが二十もついた粉薬《ふんやく》入れは横倒しにしても中が混ざらないようになっていて、出先《でさき》で調合する時に必要な材料を持ち歩けた。

……とまあ、見事に旅回りの薬草師に相応《ふさわ》しい道具ばかり並んでいる。

店売りをするぐらいたくさんのお薬を作ろうとするなら、乳鉢も数が欲しいし小皿や手鍋なんかも不可欠で、薬包紙《やくほうし》やポーション瓶のような消耗品もたっぷりと用意しなくちゃならないし。

うん、しばらくはお薬を売った代金で、道具を揃えるのが先かな。もちろん、お薬の材料もね。

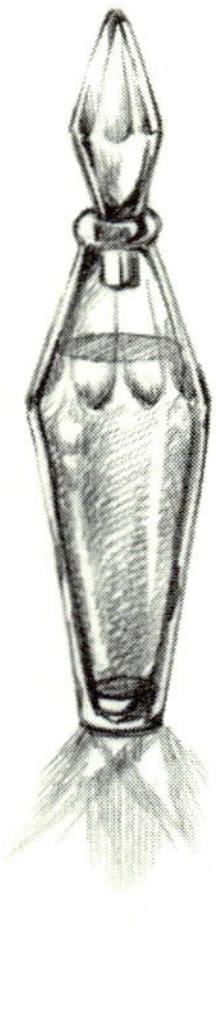

でも、このあたりまでは極端な値段じゃないし、マリーの護衛で頂戴した報酬と合わせればなんとかなりそうだ。

贅沢を言うなら薬液《やくえき》の濃縮に使う蒸留《じょうりゅう》器具や、魔晶石をはめて魔力光に薬を晒す魔光台《まこうだい》も欲しいけど、こっちは流石に後回しだよね……。

「お姉ちゃん、一度仕入れに行きたいんだけど、いいかな？」

「うん、もちろん。紹介状書いてあげるから、挨拶しといで」

ふわー、紹介状だって。筆頭家臣って、やっぱりすごいんだ。……と思ったら、ヴェルニエはアルールほど大きくないし、大概はこの『地竜の瞳』商会の取引先で単に知り合いってだけだった。

もちろん、それだって十分大したもの。開業して半年ぐらいだもんね、五百年やってる実家とは比べられるわけもないけれど、やっぱりジネット姉さんは商才に恵まれてるんだと思う。

紹介状のおかげでヴェルニエとは一度の往復で済みそうだし、道具と材料が揃えば、すぐ開業出来そうだ。

でも……せっかく標高《ひょうこう》の高い村、活かさない手はないよねー。

「こんにちは、ウルスラ！」

「アレットさん、いらっしゃい！」

お姉ちゃんがマスター・ディートリンデや宿のユーリエさんと仲がいいように、あたしも歳の近いウルスラやイーダとは昨日会ってすぐ友達になった。

「ちょっと相談。お仕事の方なんだけど、いま大丈夫？」

「はい、もちろんですよ！」

「じゃあ、一つ目がね、第二階層にでる毒蛇、ブルーバイパーの頭が毒腺込みで三つぐらい欲しいんだけど……依頼料はどのぐらいがいいかな？」

お薬の材料も取り寄せずに済むなら、多少は安くあがるもんね。

お姉ちゃんの受け売りだけど、あたしが依頼を出して冒険者がそれを受ける——シャルパンティエの中でお金が回ることは、とても大事らしい。

「もう一つも依頼ね。二、三人でいいから、薬草採取の荷物持ち兼護衛を雇いたいの。山歩きだから、身軽な人を紹介して欲しいの」

こっちも同じで、年暮れの月にはこのあたりも雪で埋まっちゃうから、あたしは来年に備えて薬草の生育地図を作っておきたかった。

「数日中でいいからねー」

「はい、承りました！」

これは少し後のお話になるけれど、依頼そのものがシャルパンティエじゃ滅多にないおかげで、あたしの出した依頼は奪《うば》い合いになってしまった。

ブルーバイパーの頭はすぐ手に入ったし、護衛は村の近場だけならという条件で『英雄の剣』が引き受けてくれている。

このパーティーはあたしと同じ真鍮の三人組だけど、恐いのが出たら逃げるって最初から口にしていたから、護衛隊長のアルノルトさんが希望者から直々《じきじき》に選んでくれたそうで……。赤銅持ちより安いし動きも身軽な人達で、この秋はとても助かったよ。

そんなこんなでシャルパンティエに来て二日、話題の少ないここじゃ、あたしは薬草師として村中に名を知られていた。

「アレット、おかえりー」

「ただいま、お姉ちゃん」

けれど、少し気になっていることもある。

なんだかまた、お姉ちゃんと差がついちゃったかなって。

お店預かるならともかく、領地を預かるって、どれだけ重いことなんだろう。

そんなことが気になるようだから、まだまだあたしは『子供』なのかもしれないけれど……。

「……子供ってほどでもないと思うけどね、アレットは」

悩みすぎるより素直に聞いた方がいいかって、旅の最中の話も織り交ぜてお姉ちゃんに相談してみると、思案顔でため息をつかれてしまった。

でも、呆れてる風じゃなくて……期待してるような、迷ってるような、ちょっと不思議な感じだ。

「ありがと。でも、早く大人になりたいなって」

「あー、うん。……そっか」

表情を見れば、やっぱりお姉ちゃんは『大人』だ。

思い返せば、あたしと同い年の頃のお姉ちゃんも、大人だった気がするけど……。

「アレット、一ついいことを教えてあげる」

「なあに？」

くすっと笑顔を向けられる。

「大人になると……ううん、大人になるほどね」

「うん」

「自分はまだまだ『子供』だなあって思うことが、増えていくんだって」

「そうなの？　お姉ちゃんも？」

「もちろん」

……なんか、想像がつかないよ、『子供』のお姉ちゃん。

そりゃ、子供の頃はもちろん『子供』だったかもしれないけれど、お姉ちゃんは、いつも『お姉ちゃん』だった。

「でもね、これはとても大事なことで……そこで、どうせ子供だしってなるのが子供、苦しいと思うのが若者なんだって」

「じゃあ、『大人』は？」

「ふふ、自分で考えなさいって言われて、教えて貰えなかったよ」

「……そっか」

答えが分かったら、大人になれるのかもしれない。

なら、丁度今は、子供が終わって大人になりかけ、その手前……？

苦しいの代わりに『もやもや』は沢山あったし、最近は自分が子供だなあと思うことはよくあるので、あたしも少しずつ、大人になっているのかな。

でも、ちょっと心が軽くなったかも。やっぱり相談して正解だったよ、お姉ちゃん。

もう一つ、気になっていたことがあったので、ついでに聞いてみる。

「ところでさ、お姉ちゃん。昨日から聞こうと思ってたんだけど……」

「なあに？」

「お姉ちゃんって、領主様のお手つきなの？」

思い違いってこともなかったけど、今はまだ、お姉ちゃんの片思いらしい。

ただ……聞き方が間違っていたようで、ものすごい勢いでお説教が始まってしまい、やっぱりまだまだ子供なんだって、あたしはこれ以上ないほど思い知らされた。

第十三話「虹色熱《にじいろねつ》」

早起きってほどじゃないけれど、広場の井戸まで軽く雪かきをした後、お店を開けるのはアレットに任せ、わたしはギルドの裏手にある魔窟の入り口までお見送りに来ていた。

最初はもっと小さかったという、ダンジョンの入り口は、人が立って入れる大きさに広げられている。魔法陣が目立つ分厚い鉄板で出来た重い扉と詰《つ》め所《しょ》が設けられていて、背景にあるのが山肌《やまはだ》と木々じゃなかったら立派なお屋敷の表門《おもてもん》に見えるかもしれない。

ユリウスはいつもの黒い鎧に禍々《まがまが》しい装飾の剣という出《い》で立ちで、ついでに大きな背負い袋も肩に掛けていて、現役時代の冒険姿をわたしに思い描かせた。

もちろん、引き締まった表情はとても精悍《せいかん》で、『洞窟狼』の名に相応しい。でも、まとう雰囲気はいつもより恐いかな。前よりは慣れたし、やる気になってるのはわかるけど、イーダちゃんには見せたくない。……お陰で左手の防具が、妙に安っぽく見えてしまっていた。まあ、ほんとに安かったらしいけどねー。

「大丈夫？」

「うむ、問題ない」

慣れていないだろう『英雄の剣』と久しぶりに潜るユリウスのこともあって、出発は他の冒険者達と比べて早めだった。

今も魔窟には四十人ぐらいが入っているはず。第二階層で方々に散らばって稼いでいるか、往復の途中かな。青銅や真鍮の冒険者もいるけれど、『英雄の剣』以外のパーティーは赤銅の冒険者が率《ひき》いていて、しっかりと奥で稼いでる。駆け出しの子達に無理はさせられないにしても、彼らも徐々に慣れていかないとね。

「領地のことはジネットに任せるが……変に意地を張らず、何かあれば『銀の炎』や『孤月』を頼るのだぞ」

「はい、『我が領主様』」

「『銀の炎』も頼んだぞ」

「はい、領主様」

改めてユリウスを見ると、みんなより背が高いのですごく目立つ。

……まあ、それだけじゃないけど。

「皆さんも気を付けて下さいね」

「ありがとうございます。……よし、皆、準備は良いな？　出発するぞ！」

「はい！」

「うっす！」

「いってきます、ジネットさん！」

もちろん、ローデリヒさんと『英雄の剣』も見たところ疲れている様子はないし、気合い十分。

「ヨルク、たいまつを掲げてくれ」

「はい！」

「……【小さき火よ、集え】」

ローデリヒさんが短い呪文を唱えると、先頭ヨルクくんのたいまつがぽんと着火された。

わたしより段違いに手際がいい。本職の人はやっぱり集中力が違うね。

「ヨルク、たいまつはもう少し身体の軸《じく》からずらすんだ。後ろの視界が全然違ってくる」

「はいっ！」

それぞれが担いだ片掛けの背負い袋は、ぱんぱんに膨らんでる。堅焼きパンは嵩張らない方だけれど、七日分なら結構な量になるから仕方ない。

これでも水場があるおかげで、随分とましな方だった。奥深いダンジョンに挑むパーティーなどは、水と食べ物を運ぶ為だけに別のパーティーを雇ったりする。

「……【封印の鍵《かぎ》言葉、『＊＊＊＊』】」

ヨルクくんのたいまつとローデリヒさんのランプの灯《あか》りがダンジョンの奥に消えると、ディートリンデさんは、杖の代わりに扉の封印に対応した魔法陣が描かれている鍵札《かぎふだ》を掲げて扉を閉じた。

戻りの時は、昼間なら詰め所の誰かが対応するけれど、入り口のすぐ奥に魔導具があって、ギルドの中にも出入りの知らせは届くようになっている。だから怪我で引き返して夜中に戻ってくるような時でも、扉が開かないってことはない。

「さ、戻りましょう」

「はい」

「……心配？」

「えーっと……、はい」

ディートリンデさんはそれ以上何も言わず、わたしの肩をぽんぽんと叩いてくれた。

……大丈夫だとは思っていても、やっぱり気になるわけで。

心配のし過ぎって言われたら反論できない、かな。


「おかえりー、お姉ちゃん」

「ただいま。無事に出発したよ」

「そりゃ出発で躓《つまず》いてたら問題だよ……」

一度馬小屋でメテオール号の顔を見てから——今はカールさんが一手にお世話を引き受けているけど、忘れられないようにわたしも時々顔を出している——雪を踏み踏みお店に戻り、仕事で気を紛らわそう……なんてこともちょっと考えそうになりながら、アレットと店番を交替してカウンターに陣取《じんど》る。

「『玄武岩《げんぶがん》』のライムントさんが、小さい砥石《といし》を買いに来てくれたよ」

「うん、ありがと」

アレットは計算なんかはわたしより早いし雑貨屋のお仕事にも気も回してくれる……どころか、わたしと同じくお店一軒任せていいぐらいには、お店の仕事にも慣れていた。彼女は薬草師、わたしは店番一筋《ひとすじ》って違いはあっても、雑貨屋を営《いとな》む実家で暮らしていれば自然と慣れてしまうのは当たり前だ。もちろん彼女に店を任せても不安は全くないけれど、やっぱり二階の作業場が本領で、ぽんぽん呼びつけるのも気が引けるので、会合がある時なんかは前もって声を掛けておく。

でもね、わたしにも『地竜の瞳』商会の女主人って立場があるし、そこは流石に譲れない。……今朝なんかは、お見送りなしとか絶対に駄目、ありえないって店から追い出されたけど。

「さて……」

昨日の夕方は、帰還したパーティーが重なってちょっと混んでいたけれど、ほぼ毎日顔を出してくれていた『英雄の剣』も泊まりがけだし、今日はお客さんも来ない予定だ。

お陰で面倒くさい書類仕事にも手が着《つ》けられそう……っていうか今日やらないと、明日困りそうだった。

「あーあ……っと」

そんな調子で、昼までは指南書を見ながら徴税関係の書類を用意していた。

税が出揃った時に穴埋めだけで済むように、暇のある今のうちに用意しておくのが、よく出来た家臣というもの。……年始から溜《た》まってきていたギルド関係の契約書だけは手を着け始めたけれど、慣れない桁《けた》と慣れない単位の連続に、お兄ちゃんから貰った計算尺《じゃく》が大活躍だよ。感謝感謝！

雪で外界《がいかい》と閉ざされるシャルパンティエでは、王国へと納める貢納金を年明けすぐに用意しなくても大丈夫ってことになっていた。春先、ヴェルニエと行き来できるようになってからで間に合う。

でも、絶対に誰も訪ねて来ないかと言えば……王国の竜騎士団は季節も距離も雪深さも関係なく飛んでくるからなと、ユリウスは渋面《じゅうめん》を作っていた。シャルパンティエはダンジョンがあるおかげで、新しい地方領の中では目立つ方なんだって。

緊急で援軍や救助に出る時の訓練も兼ねてるから悪戯半分ってわけじゃないけれど、竜に乗ってくるし騎士様達も中央貴族の子弟《してい》が多く、抜き打ち検査でおなじみの巡察官のお偉いさん版みたいなもので、皮肉を込めて『小さな災厄《さいやく》』と呼ばれているらしい。

「あとで確認して貰えばいいか……」

まだまだ終わりそうにないけれど、そろそろお茶でも淹れて、軽いお昼にするかな。

そんなことを考えながら、アレットに声を掛けようか考えていた時。

「ジネットさん!!」

「ウルスラちゃん!?」

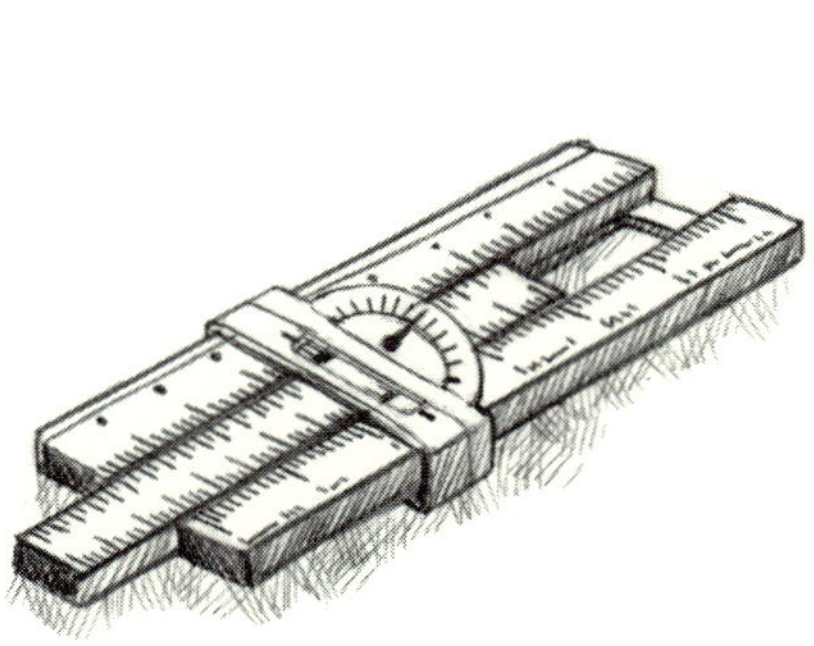

雪まみれのウルスラちゃんが駆け込んできた。……転んだね？

それにしても随分と慌てている様子、何かあったのは間違いないみたい。

「す、すぐ！　アレットさん呼んで下さい!!」

「う、うん!?　アレットー!!」

勢いに押され、大声で仕事場の妹を呼ぶ。

「……なあにー？」

「すぐ降りてきて！　大急ぎ!!」

ばたばたと階段を駆け下りてきたアレット、調合用の革の前掛けもそのまんまだ。

「はーい、おまた――」

「アレットさん、虹色熱のお薬ってありますか？　イーダちゃんが倒れたんです！」

「虹色熱!?」

「イーダちゃんが!?」

……あれは、つらい。

同時に、治らない病気じゃなくてよかったと、少しだけ肩の力を抜く。

虹色熱は、魔力を持って生まれた子供が幼い頃に罹《かか》る病気で、世間にもよく知られている。普通は七、八歳ぐらいまでに済ませるけれど、たまに遅い人もいた。……わたしとか。

十歳の時だったからよく覚えてるよ。

急に熱が出て、ふらふらっとして、気が付いたらベッドに寝かされてた。大急ぎで神官さんを呼んで熱を冷ます魔法をかけて貰った後、やたら苦い薬を飲んだことも覚えてる。熱が下がってからでも、数日はだるくてベッドから起きあがれなかったっけ……。

一度罹ると二度と罹らない病気だし、神官さんか治癒術士さんを呼んで熱を下げて貰い、薬を飲ませれば大丈夫。魔力持ちの大人はみんな経験済みだしね。

だけど、手当《てあて》が遅れるとそのまま亡くなってしまう子供もいた。行き場のない魔力が体の中で暴れて熱を出すから、体力がどんどん奪われていくんだ……。

でも幸い、雪に閉ざされていても、シャルパンティエは冒険者の集う村だった。神官として活躍してる人もいるし、ギルドには治癒術士のディトマールお爺ちゃんが控《ひか》えてる。

「ギルドの薬品庫には置いてなくて！　原料が足りないって、ディトマールさんが……」

「え!?　あ……」

そうだった……。

ギルドは冒険で怪我をした人への対処を主に考えているから、重『傷』者には十分な対処が出来る。だけど、重『症』者には……。

もちろん、街の人が病気になったとき、まず頼るのは教会だ。そしてこのシャルパンティエに、教会は……ない。

当然、次に頼られるのは薬草師、シャルパンティエならアレットの出番だった。

「アレット、すぐ作ってあげて！」

「……虹色熱の薬は無理だわ」

「え!?」

「うちも材料が足りないの」

「そんな……！」

重くて大きなため息が三つ、静かな店内に満ちた。


とりあえずアレットをギルドに送り出すと、わたしも大急ぎで店を閉めて『猫の足跡』亭に駆け込んだ。

「ディータくん！」

「あ、ジネットさん」

「イーダちゃんは!?」

「いまはパウリーネさんに見て貰ってます」

ちょっとお疲れ気味のディータくん。……でも彼が仕込みの手を止めると、皆にパンが行き渡らなくなってしまう。

「上がらせて貰うね！」

「はい、心配かけてごめんなさい」

「いいのよ」

とんとんと駆け上がろうとして、眠っていたらかわいそうかなと足音を抑《おさ》える。

二階に上がって扉をそっと開けば、パウリーネさまが濡らした手ぬぐいを片付けてらした。

「……パウリーネさま」

「大丈夫よ、ジネット。ディトマールさんが熱冷ましの魔法を掛けてくれたところなの」

ベッドに寝かされたイーダちゃん、息は乱れていないけれど顔は赤くほてってる。

しんどいだろうなあ……。

「お薬は大丈夫そう？」

「いえ、その……」

眉根《まゆね》を寄せて熱に耐えるイーダちゃんの前で、『シャルパンティエにはお薬がないんです』なんて……言えるわけがない。

……。

よし、決めた。

この際、難しいことは後回し！

「……ちょっと頑張ってきます！」

「ええ、お願いね」

わたしはパウリーネさまにしっかりと頷いて階段を……そっと下り、ギルドへと駆け出した。

第十四話「冒険者の心意気」

「失礼します！」

「ジネット！」

「お姉ちゃん！」

　駆け込んだギルドでは、アレットとディトマールお爺ちゃん、ディートリンデさんらが、難しい顔をしていた。

　前置きなしに、アレットの横から顔を突っ込む。

「アレット、何が足りないの？」

「えっとね、ギルドの薬品庫とうちの手持ちを合わせれば、あと足りないのは腐躯呪草《ふくじゅそう》だけ……かな」

「腐躯呪草？」

「教会ならほぼ確実に持ってるんだけどね」

　アルールの王都ラマディエよりは小さいけれど、ヴェルニエはそこそこ大きな街だし、子供だって何十人もいる。虹色熱は流行病《はやりやまい》とは違うから、薬が一気になくなることもないらしい。

「そのまま使えば遅効性《ちこうせい》の毒薬の元にもなるから、裏通りの怪《あや》しげな店でも手に入るかもしれないけれど……」

「虹色熱の特効薬の原料になるからの、ヴェルニエの教会なら間違いないじゃろ」

ディトマールお爺ちゃんはギルドの治癒術士で、アレットと同じようにお薬にも詳しかった。

沈痛《ちんつう》そうな表情のディートリンデさんが、後を受けて続ける。

「腐躯呪草でなくても、ヴェルニエなら薬が間違いなく手に入ると思うわ。そう珍しい病気でもないし……」

「問題はどれだけ早くヴェルニエに行って、戻って来られるか、じゃな。余りに長くかかると、イーダの体力が保《も》たんぞ」

「ですわね……」

「いま誰が残ってたっけ……？　ああ、もう、ちょっと見てきます！」

「お姉ちゃん！」

「アレット、走り書きでいいから必要なことまとめといて！」

「うん！」

もちろんここは、冒険者の出番だ。それは間違いない。

でもこの大雪の中、ヴェルニエと往復できるような冒険者が、運良く残っているかどうか。

雪慣れしていない冒険者が大半で、ユリウスが賞金を用意して狩りを奨励《しょうれい》したほどだ。誰か、雪に強いパーティーが休憩していればいいんだけど……。

「……って、きゃあああああ!?」

出っ張った氷に足を取られたわたしは、そのまま『魔晶石のかけら』亭の手前までずるーっと滑《すべ》っていった。

雪かきの後はよく踏み固められているのに加えて、いいお天気で溶けた部分がところどころ凍ってるんだよね……。

「ああ、もうっ!!」

手だけじゃなくておでこも痛いけど、気にしてられない。

勢いよく立ち上がって、雪も払わずそのまま『魔晶石のかけら』亭に駆け込む。

「カールさん!!」

「え!?　ジネットさん?」

「今残ってるパーティー、どことどこです?　出来ればヴェルニエと往復できる人!」

一気に喋って、大きく息を吸う。

ぽかんとしたカールさんは、それでも律儀《りちぎ》に答えてくれた。

「今!?　えーっと、『高山の薔薇《ばら》』に『獅子のたてがみ』……」

「ジネット嬢ちゃんよ、えらい慌てて、どした?」

ジョッキ片手の赤ら顔で声を掛けてきたのは『獅子のたてがみ』のヤコビンさんで、魔晶石持ちのキツネを狩ってきたパーティーのリーダーだ。まだお昼前なんだけど……ってそれはいい。

「イーダちゃん、虹色熱なんです!」

「む……」

「……もしかして、薬がないのかい？」

「はい。シャルパンティエには小さな子供が居ないから、誰も気付かなくて……」

「遅けりゃ十五ぐらいに熱出してぶっ倒れる奴もいるからな……」

大抵のパーティーには一人や二人魔力持ちがいるから、虹色熱の説明はいらない。もちろん、実家が冒険者宿のカールさんにもね。

「そうだジネットさん、依頼はもう出てるのかい？」

「今、ディートリンデさん達が……って、そだよ！　依頼者、まだ決まってない!?」

……しまった。

ああもう、どうしよう!?


報酬を人々の笑顔と感謝の言葉だけで済ませていいのは、物語の中の英雄だけだ。

もちろん冒険者達にも、『冒険者の心意気』っていうとても大切なものが心の内にある。

困っている人を助け、街人《まちびと》が引き受けない汚れ仕事を進んで行い、命の危険を承知で魔物に向かっていく、そんな心意気だ。

でも、それをあてにして話を進めるなんて、最低にも程がある。

それに。

わたしは……そんなことを絶対にしてはいけない立場だった。

商売人であり、同時に貴族の家臣でもあるわたしが、情に訴《うった》えて無報酬で冒険者を動かしたりしたら……それは二重に恥ずべきことで、わたしだけでなくユリウスの顔に泥を塗ることにもなる。

だから……！

「……わたし！　依頼者は、わたしです!!」


冒険者は依頼をこなして、報酬を受け取る。

依頼者は報酬を出して、成果を受け取る。

難しく考えることなんて、何もなかった。これ正に正道なり、だ。

聖神の前で百回誓《ちか》ってもいい。その心意気を裏切らないなら、冒険者は必ず応えてくれる。

でなきゃ十何年も店番やった上で、わざわざまた冒険者を相手にするお店を開こうなんて……思わない!!


「お、おう、わかった！　……よし！」

頷いたカールさんは厨房にとって返し、鉄鍋とお玉を手に二階へと駆け上がっていった。

一階の酒場にまで、がんがんとやかましい音が響き渡る。

「おい野郎共！　起きろ起きろ！　緊急事態だ！　起きてこねえ奴はメシどころか掛け布団の綿《わた》抜いてやるから覚悟しやがれ!!」

いつもは温厚《おんこう》で物腰《ものごし》も柔らかいカールさんにしてこの態度、二、三人は女性の冒険者もいたはずだけど、おかまいなし。

もちろん、そんなの気にしてる場合じゃない。

「でだ、嬢ちゃんよ」

「ヤコビンさん？」

「イーダ嬢ちゃんが倒れたってのは、いつだ？」

「えぇっと、たぶん今日です。昨日はちょっと風邪気味かなってぐらいで……」

顔は赤いままでも酔いが醒《さ》めたらしいヤコビンさんは、何やら指折り数えはじめた。

表情も真剣で、目元も引き締まった『冒険者』の顔になってる。

「……ってことは、五日が限度だな」

「五日!?」

「四つ五つの子供よりゃましだろうが、イーダ嬢ちゃんの体力次第ってことだ」

……そうだった。

ディトマールお爺ちゃんは熱を下げてくれるけれど、それで虹色熱が完治するわけじゃない。熱を下げたところにお薬を飲ませないと……。

「昨日はいい天気だったそうだし、狩りの時の感触じゃ雪は太股《ふともも》から腰、ヴェルニエの手前は多少少ねえだろうが、それでも片道五日はかかるぞ。……すぐに薬が手に入っても、今度はシャルパンティエまで戻るのに六日だ」

「そんな!?」

往復に合計十一日だと……間に合わない!?

ううん、諦めちゃだめだ。もっと何か……。

「お姉ちゃん！」

「ジネット！」

入り口から駆け込んできたのは、アレットとディートリンデさん。開いた扉の向こうには、ディトマールお爺ちゃんの姿も見える。

「おう、ジネット嬢ちゃん！」

「カール、メシ抜きは勘弁してくれよ……」

「ふぁ……」

丁度二階からも、カールさんに率いられるようにして冒険者達が降りてきた。

髭面の二人はヤコビンさんのところの『獅子のたてがみ』で、魔術師のザムエルさんはまだちょっと足を引きずってる。狩りの日の翌日、第二階層へ到着して早々に怪我をして、そのまま引き上げてきたんだっけ？　治癒の魔法はすごいけど、大怪我ならやっぱり完治には時間が掛かるから仕方ない。

『玄武岩』は、堅苦しい名前の割にこざっぱりとした四人パーティーだった。赤銅二人に真鍮二人の組み合わせで、稼ぎも多いけど怪我も多い。儲かってるのか損してるのかよく分からないけれど、うちのお店で一番沢山ポーションを買っていってくれる上得意《じょうとくい》さんだ。

最後に出てきたのは、今朝方《けさがた》戻ったばかりで眠そうな『高山の薔薇』。リーダーのレオンハルトさんは兼業で吟遊《ぎんゆう》詩人もやっているから、やたら目立つ。たまに『魔晶石のかけら』亭でも稼いでるけど、ほんとに腕がいいからどうして冒険者やってるのか不思議なぐらいだった。

「お前ら！『猫の足跡』亭のイーダ嬢ちゃんが虹色熱で倒れたってのは、もう聞いたな？」

「おう！」

「聞いたぞ！」

この中だと一番年かさで、一目も置かれていそうなヤコビンさんが仕切ってくれた。伊達《だて》に白銀への昇格を目指してるわけじゃない。

降りてきた冒険者達も、もう表情を引き締めている。

「だがこの雪だ、普通に行ったんじゃちびっと間に合わねえ。橇《そり》作りゃ多少は時間も距離も稼げるだろうが、それでも湖のだいぶ手前まで、一日分やそこらだろう」

ヤコビンさん、この短い間にちゃんと考えてくれてたんだ……。

ユリウスが口にしていた雪慣れしてる数少ない冒険者って、ヤコビンさん達『獅子のたてがみ』のことかもしれない。そう言えばあの魔晶石持ちのキツネ、にわか狩人の冒険者の中では結構遠くで狩ってきたって聞いたっけ……。

「結局、どんくらいかかんだ？」

「往復で正味十一日、橇使って十日ってとこだ」

「……ああ、作る時間もいるな」

「なあ、領主様の馬は駄目か？」

「ありゃあ軍馬《ぐんば》でナリもでけえが、北方種《ほっぽうしゅ》じゃねえ。踏み固められてねえ道だと半日たたずに潰《つぶ》れるぜ」

前置きも大した説明も、それどころか報酬の話もまだなのに、もうあれこれと具体的な話になってるよ……。

イーダちゃんが大事にされてるせいもあるけれど、彼らの心意気に火が着いたのは間違いない。中年絡みの独身冒険者達は、自分の歳に重ねて子供を大切にする人が多かった。

「じゃあよう、『俺達』を使い潰すってのはどうだ？」

「それっきゃねえか」

「……なあ、途中に幾つか雪洞《せつどう》を掘って、体力のある奴が早馬《はやうま》式に帰り道の薬を配達ってのは？多少は早くなるんじゃねえの」

「こっち側からだけでも除雪して帰りが早まるようにすりゃ、もう一日ぐらいは稼げるぜ」

「みんな、聞いて！」

ディートリンデさんが、ぱんと手を打った。

「知っている人も多いかしら。ヴェルニエのギルドマスターは、『騎士泣かせ』クーニベルトよ。運が良ければの話になるけれど……彼をつかまえられたなら、使い魔の黒鷲《くろわし》が使えるわ」

使い魔！

それも鷲なら、鳩や隼と違ってポーションの小瓶が運べる！

「ってことは……」

「いける！　いけるぜ！」

「片道分に加えて一日見りゃ……ぎりぎり間に合うか!?」

「この時期なら、彼がギルドを離れることはない……とは思うの。もちろん、シャルパンティエギルドから要請を出すけれど、絶対に上手くいくという保証はないわ。……使い魔に手紙を持たせて、どこかに飛ばしている可能性だってあるから」

「あ……」

「ちくしょうめ！」

「それでも、もう一日二日は縮《ちぢ》められるはず。往復二日でヴェルニエとオルガドを結ぶのよ、彼の『ズィーベンシュテルン』は……」

少し遠い目のディートリンデさん、すぐに呑み込んだけれど、クーニベルトさんを頼りにすることについては葛藤《かっとう》があったご様子。

もちろん、そんなことにこだわっている場合じゃないからこそ、その名を自分から言い出したんだろうってわかる。

どん！

大きな音に振り向けば、ヤコビンさんが拳をテーブルに叩きつけていた。

「ええい、時間がねえ！　ともかく出来るとこから手ぇつけるぞ！」

「おうよ！」

「野郎共！　まずは橇だ！」

「おっしゃあ！」

「誰か大工の息子がいなかったか!?」

「『英雄の剣』のディモだ」

「だめだ。あいつらは『洞窟狼』と一緒に潜ってる」

「誰か！　ラルスホルト呼んでこい！」

「おい、『孤月』の旦那んとこにも走れ！　建材がまだ余ってたはずだ！」

……みんな、格好いいよ。

一斉に駆け出していった冒険者達の背中に、涙が出そうだ。

最初にヤコビンさんが口にした往復十一日は、あっと言う間に八日……ううん、それ以下まで縮まった。絶対間に合わないはずが、ぎりぎり間に合うかもしれないところまで辿り着いたんだ……。

「ジネット……？」

「は、はい、ディートリンデさん！」

慌てて袖口で目をこする。……ちょっとこぼれたかも。

「そうだ、依頼！　わたしが依頼、出します！」

「……ええ、そうね」

今度はわたしが『冒険者の心意気』に応えないと、ね。

わたしはアレットも呼んで、ディートリンデさんと依頼の条件や報酬について詰めていった。

第十五話「雑貨屋の心意気」

話し合いを終えて外に出れば、早速広場には橇を作る音が響き、その向こうにはヴェルニエに一歩でも近づくべく、雪をかき分けた細道が作られ始めていた。

「よろしくお願いします、ディートリンデさん」

「ええ、もちろん」

「あたしは薬の準備かな」

「そうね、イーダちゃんの看病《かんびょう》はディトマール師とパウリーネ様に任せて、アレットはお薬に専念して頂戴。明日明後日には戻ってくる予定のパーティーもあるから、交替出来る神官も増えるでしょうし……」

張り出される依頼にはギルドマスターの権限《けんげん》で緊急の宣言がなされ、冒険者達だけでなく、シャルパンティエギルド所属のギルド員や、わたし達村人も参加する。

緊急依頼　虹色熱の特効薬入手

ヴェルニエの街と往復して虹色熱の特効薬を入手し、シャルパンティエに持ち帰る。またはその補助。参加報酬は、一人に対して一日五グロッシェン。食事あり。

依頼者　『地竜の瞳』商会店主　ジネット

依頼書には、詳しいことが何も書かれていなかった。

報酬だって、雪の中でお仕事を依頼する時の定番で、割増料金はなし。

それでも合計すれば結構な金額になるけれど、依頼金は……わたしのお財布にばかり無理はさせられないってディートリンデさんも協力を約束してくれたし、まあ、なんとかなりそうだ。

今月末に税として支払う予定のお金はまだ手元にあるし、ともかく依頼を綺麗に終わらせてから、『地竜の瞳』商会の在庫を一時的にギルドが買い上げ、余裕が出来たら買い戻すという、綱渡りのような思いつきでひねり出せることになった。

あとはユリウスが戻ってから、もう一度話し合うことになるかな……。

勝手に依頼を出したのはわたしな上、依頼料はパン屋さんが一気に返せる金額じゃなかった。だからって、ディータくんにそのまま押しつけるなんてことしたら、わたしがわたしを許せなくなる。

ユリウスは……二つ返事で出してくれるかもしれないけれど、領主様が出すのもおかしいし、冒険者にただ働きはさせられなかった。

でもそのことは、後回しでいい。

大事なことは、絶対にお薬を間に合わせること、そして正式な依頼だと発表されること。もちろん、その中身や状況は、いま村に居る全員が知っているから問題なかった。

第一に橇、第二に雪かき道。明朝《みょうちょう》までに少しでも速度が出る出来のいい橇を作り上げ、その後は雪かき道を出来るだけ伸ばす。

ダンジョン探検中の冒険者には、報せを出していなかった。第二階層までの往復二日に冒険者数名を取られてしまうと、こっちの手筈《てはず》がとても回らなくなるからね。

とにかく今晩中に橇を仕上げて、明日の夜明けに送り出すのが肝心だ。

「ちょいと合わせてみるか」

「うっす」

橇を作っているのは、三パーティーから集められた魔法使い達。杖をえいっと振れば重い丸太も簡単に持ち上がるし、そのままだと使えない材料を魔力の刃で削ったり形を整えたりと、魔法の出番になる。代わりに魔力の消耗も早いから、後でポーションを差し入れしないとね。

いまは乗る部分を作っているところ……かな？　箱じゃなくて、馬みたいに跨《また》がる形だね。

体力自慢の戦士達は、ギルドの若手と一緒に雪かきに回っていた。もう広場からはとっくに見えなくなってる。

もちろん、頑張ってるのは冒険者だけじゃない。

呼び出されて慌ててやってきたラルスホルトくんは、橇の大きさを聞いた後、作りかけていた剣を潰して釘を作っている。

カールさん夫婦とグードルーン達は雪かき組に届ける夜食の準備をしていた。

「お姉ちゃんはお店？　それともギルド？」

「かゆいところに手が届くのがいい雑貨屋さん……ってことで、ちょっと頑張ってくるよ」

「だよねー」

「まあ、今日は店番がどうのって状況じゃないし、戸棚《とだな》に鍵掛けておくだけでいいでしょ」

もちろん、依頼者はふんぞり返って見守るのがお仕事……なんてことはない。

けれど、みんなの動き出した姿を見て、少しだけ心に余裕が出てきたかな。いつものように落ち着いたし、あれこれと考えられるようになってきた。

わたしはただの商人で、冒険者のような体力もないし、雪道を往復出来るような技術もない。

それでも、出来ることはいっぱいあるんだって、思い出したよ。


アルールの実家にいた頃にも、全然違うけど似たような緊急事態——海賊に襲われた他国の船団が、王都の港に逃げ込んできたことがあった。

その時は国王のリシャール二十四世陛下が大音声《だいおんじょう》で勅令《ちょくれい》を下されて、冒険者や騎士団どころか、街の人まで動かす大騒ぎになっている。

あの時は、ともかくみんな頑張ったよ。怪我人の治療はもちろん、毛布や衣服の差し入れ、炊《た》き出しから泊まるところのお世話まで……おかげで多くの人が助かったし、後から王都中の家々に陛下直筆《じきひつ》の礼状が届けられた。

うちの家族は小さい子達の面倒をアレットに任せて、店主の父さんは続々と港に届く食料や毛布、着替えの仕分けを指揮《しき》、元冒険者で魔法使いの母さんは救助、わたしはジョルジェット姉さんと一緒に炊き出しのお手伝いをしたっけ……。


シャルパンティエでも、同じこと。

領主様は留守だけど、冒険者がいて、騎士団の代わりにギルドがいて、少ないけれど村人もいた。

……もちろん、雑貨屋のわたしも。

一人で出来ることはほんの少しでも、皆の少しを集めればそれは大きな力になるんだ。


わたしは一旦アレットと一緒に店に戻り、じーっと倉庫の商品を見つめて考えた。

「そうだ、お姉ちゃん」

「なに？」

「ユーリエさんが、お砂糖の塊持ってるって、ほんと？」

「……聖神降誕祭の時に使い切れなかったやつ？」

「うん、それ。あたしが買い切るから、使ってもいい？」

「まあ、買い切りならいいんじゃないかな。……あ、お金はお店の方で出すよ」

「ありがと！」

すぐに使う予定もないし、この子も何か考えてくれてるんだろう。

ちょっと頑張るからと言うアレットに頷いて、わたしもあれこれと手だてを考えてみる。

冒険者の心意気を支える『武器』が体力や技術なら、雑貨屋のそれは品揃《しなぞろ》えだ。

冬越しに備えて倉庫に積み上げられたパン樽の隙間、見え隠れするランプ油の小瓶や水袋の在庫を確かめながら、今あると便利なもの、助かるものはないかなって、商品の使い道を思い出しながらうろうろする。

「よし！」

まず、蜂蜜入りの壷を持って向かったのは、『猫の足跡』亭。

中を覗けば、半分泣きだしそうな表情のディータくんが、夜食分のパンをこねている。

もちろんイーダちゃんのことは心配でも、彼は今出来ることをやってるんだ。……えらいよ、ディータくん。

「……ディータくん、いま大丈夫？」

「ジネットさん！　あの……」

「あー、うん……」

「いえ、本当にありがとうございます」

そのことは後でと言って、蜂蜜の壷を手渡す。

もちろん、それだけじゃ意味が分からないだろうから、わたしは説明を付け加えた。

「蜂蜜棒、ですか？　聞いたことありませんね……」

「こっちじゃあまり作らないのかな？　大きさはこのぐらいで、堅焼きパンに蜂蜜混ぜてあるだけなんだけど、うちの実家だと割と人気だったの。甘いから食べやすいし、力も出るわ」

「味付けの堅焼きパンならシェーヌの店でも作ってましたけど、ものすごく不評でした」

「えっ、そうなの!?」

「はい。……って言っても、生地に塩混ぜただけのきっつい味で、あんまり美味《うま》くなかったです。けど、汗を掻く仕事の人は、仕方ない仕方ないって言いながらいつも買ってくれましたよ」

ああ、そうだった。

アルールだと海に近いから、冒険者や汗掻き仕事の人達は魚の干物を食べてたっけ……。

こっちだと、香辛料と塩のよく効いた干し肉が売れるけど、アルールじゃ軽く塩煮したタラを干したやつが定番で、次がカッチカチのニシンだった。どちらもきちんと塩抜きして料理すれば美味しいけれど、そのままだともちろん塩辛《しおから》い。

「じゃあ、それも作ってくれる？　ちょうど汗を掻いてる人達もいるし、味違いならやる気も段違いになるよ。……出来るかな？」

「ええ、最後に生地を分けて混ぜるだけなら、大した手間になりません。まだ余裕がないんで作ってませんけど、一度こっちでも塩入りのはあるかって聞かれたことがあります」

「んー……あ、そうだ。例えばさ、蜂蜜入りのと塩入りのをまとめて、一つの袋にしてみたらどうかな？　堅焼きパンなら日持ちもするから、シャルパンティエの定番になるかもね」

……蜂蜜棒の話題を振りにきたのは間違いないんだけれど、実はそっちにあまり期待をしていないのは内緒だった。

ディータくんの気鬱が少しでも晴れて、元気を出してくれたらそれでいいんだ。

お兄ちゃんまで倒れたらイーダちゃんが泣いちゃうからね、負けるな、ディータくん！

さあ、次だ次！

イーダちゃんを見舞ってパウリーネさまに顛末《てんまつ》を話し、わたしはギルドに向かった。

「おじゃまします」

「おう、ジネット嬢ちゃん」

「いらっしゃい、ジネットさん」

『獅子のたてがみ』のヤコビンさんとギルドの隊長アルノルトさんは、ヴェルニエに向かうことに決まったので、雪かき組から外されて体を休めていた。

パーティーをばらしちゃう組み合わせだけど、今シャルパンティエにいる体力自慢の戦士さん達の中でも、二人とも特に飛び抜けているからこその人選《じんせん》だ。

「こっちはもう一通りの用意が調ってるぜ。後は一杯引っかけて、しっかりぐっすり寝るだけだ」

「いま、橇にもう二人ほど加えるかどうか話してたんですよ」

「え？」

「早馬代わりの冒険者も橇に乗せて行こうかなと」

「まあ、どっちにしろ途中で捨てるんだがな」

苦笑しているアルノルトさんと、にやっと凄《すご》んだヤコビンさん。

もしもクーニベルトさんの使い魔が間に合わなかったら、雪の中を戻ってこないといけない。

そのことはちゃんと考えておかないと、万が一の時大変なことになるものね。

「そうだ、ヤコビンさん、アルノルトさん。あんまり自信ないんですけど、ちょっと考えたことがあるんです」

「む、なんでい？」

「魔法使いも連れていきませんか？」

「魔法使いを!?」

「どういうこった？」

ほんのさっき、もしかして出来るかなって思いついただけなんで、そんなに真剣な目をされると困る。それでも……上手くいって、一刻でも半刻でも早くヴェルニエに着けるなら……。

わたしは奥の部屋で指示書を書いていたディートリンデさん——本職の魔法使いと、同じく手紙を認《したた》めていたアロイジウスさまも呼んで、思いつきを話し始めた。

「ディートリンデ君、君次第だが……いけるな？」

結果から言えば、わたしの『提案』は条件付きで受け入れられた。

「はい。たかが橇一つ、魔力の補充が確約されているならば、何ほどの事もございません」

「ともかく、出来上がってから試してみましょう。四人乗りに作り直すよりは早い」

橇は改造されることになったけれど、大きな手間にはならないみたいでちょっと安心。

もともと二人乗りのつもりだったから、後ろ側の乗り場の左右に持ち手と上半身だけ預ける台を作って、その下に橇板《そりいた》を取り付けるだけで済むらしい。

……後ろの二人は大変そうだけど、ヤコビンさんもアルノルトさんも何も言わなかった。

「しっかしよう、おっそろしいこと考えついたもんだな、嬢ちゃん……」

「……駄目ですか？」

「いいや、駄目ってこたねえし、気分よく乗せられてやるぜ。……俺の懐具合じゃ、こんな機会は二度とねえからな」

ヤコビンさんは居並んだ面々を見回してから、やれやれと肩をすくめた。

他の皆さんも似たような表情で、ちょっと居心地が悪い……かな？

「普通は橇を目的地までずっと浮かそうなんて考えないわよ、ジネット。難所だけ魔法を掛けたりすることは多いけれど……」

「それにだ、足りない魔力を魔法薬で補うのは普通だが、橇のためってのはやっぱりありえねえ。銀貨稼ぐのに金貨をばらまくようなもんだ」

「ヤコビンの言うように、並の冒険者がそんな大盤《おおばん》振《ぶ》る舞《ま》いなどすれば、すぐに破産しますからな……」

「第一、そこまで急ぎの用なら、大概は竜なり使い魔なりを用意する。だが無い物ねだりは子供の泣き言《ごと》と同じ事、ここはジネットが正解だ。何よりも、シャルパンティエにあるものでなんとかなるってのは気に入った」

パイプを口から離して、ぷかりと煙をわっかにしたアロイジウスさまだけは楽しげだ。

……そう、わたしの提案は、ものすごくお財布に優しくないのだ。

シャルパンティエから湖の手前までは斜面になっているから、橇は勝手に、しかも勢いよく進んでくれる。

ここまではヤコビンさんが口にした通りで、歩くよりはずっとはやい。

ではその先をどうするかと言えば、橇を捨てて雪の中歩くしかない……はずだった。

思いつきのきっかけは、広場で橇を作っていた魔法使い達だ。

大きな丸太を魔法で浮かせてちょいっと押している姿に、わたしはアロイジウスさまのお宅でソファを移動させたことを思い出した。

……じゃあ、橇なら?

大人三人の乗ったそれなりに重い橇を、ほんの少しだけ地面から浮かせること。

これならわたしにも出来る。

但し、この大きさと重さなら五十数える間か、百数える間か……魔法の重ね掛けなんてやったことなしし、そのあたりが限界かな。

もちろん、アレットならわたしよりもっと長い時間いけるだろうし、それ以上に魔力が強く、経験豊富で詠唱や力加減も上手いはずのディートリンデさんなら、もちろんアレットを大きく上回って浮かせていられる。

でも……いかにディートリンデさんでも、魔法を使い続ければ確実に消耗してしまうわけで、ヴェルニエまでは絶対に保たない。

それなら……魔力回復薬を山ほど用意して、失った魔力をどんどんつぎ足していけば？

ついでに魔法使いが橇を『浮かせて』『前に動かす』んじゃなくて、『前に動かす』のは別の人——体力自慢の冒険者が橇に身体を預けて雪を蹴ることに専念するなら、魔法使いは魔力を少し節約できるし、平地でも結構な速さで橇は進める。

押す役目の冒険者も、身体が雪に埋まらないから橇の速度は歩くよりずっと速くなるはず。

もう一つおまけに、魔法使い用の魔力回復薬だけじゃなくて、冒険者用の疲労回復薬も用意すれば……。

これだけ組み合わせたなら、もしかして、ヴェルニエまで橇でたどりつけないかな？

もちろん、お薬はうちの店の在庫をありったけ。

ギルドに魔晶石を分けて貰えたなら、出発までに今ある以上のお薬が用意できます。

……って、わたしは提案したわけだ。


「ともかく、やりきるしかあるめえよ」

「自分は橇の方に声を掛けてきます」

「ディートリンデ君、こちらは引き受けよう。行ってきたまえ」

「ありがとうございます、『マスター』・アロイジウス」

決まってしまえば動くのも早い。

この場はアロイジウスさま達に任せ、わたしはディートリンデさんと連れだってお店に戻った。

絶対に助けるから、もうちょっと待っててよ、イーダちゃん……。


夜半過ぎまでに橇の改造は終わって、わたしも出来ることを全部済ませた。ディートリンデさん達は早朝の出発に備えて引き上げたし、雪かき組の半分も交替に備えて仮眠《かみん》を取っている。

広場で行われた橇の試験も上手く行ったし、これなら大丈夫だろうってアロイジウスさま達も頷いてくれたよ！

おかげでヴェルニエまでの片道は、大凡《おおよそ》二日まで縮まった。帰りもやっぱり二日分は縮まりそうで、クーニベルトさんの使い魔が使えなくても何とか間に合うぎりぎりのところ。

もちろん、みんなの顔もだいぶ明るくなっている。

「忘れ物はないよね？」

わたしも少しだけ仮眠を取った後は、夜通し灯りがついたままの『魔晶石のかけら』亭で、夜食の仕上げをお手伝いをしていた。

「はい！」

「よっこい……しょ」

雪かき組までわたしと一緒に夜食を届けに行くのは、錬鉄のグードルーンとマルタ。それぞれの背負子には、食べ物や蒸留酒の瓶がくくりつけられている。

そのまま背負うには面倒な汁物《しるもの》を運ぶのは、魔法の使えるわたしの役目だ。蓋をした鍋にパン種で封をした後、冷めないように毛布でぐるぐる巻きにしてあった。

運ぶだけなら三人もいらないけれど、わたしも道の出来が気になるし、夜の雪道を往復するなら、油断は禁物。その点わたしがいれば、何かあっても光の魔法を打ち上げて集落か雪かき組に報せることが出来る。

「行ってきまーす！」

「おう、頼んだぞ！」

広場に出れば、広場から見えるわたしのお店にも、まだ灯りが点《つ》いている。

腐躯呪草がいつ届いてもいいように用意を終えたアレットには、魔力回復薬の作成をお願いしてあった。わたしの『提案』には彼女の頑張りがどうしても必要——在庫だけでは心許なかった——

で、ギルドからも魔晶石が提供されている。

「はぁ、吹雪《ふぶ》かなくてよかった……」

「星がきれいですねー」

「うん。おかげで寒いけどね」

「雲のお布団がないと、大地が寝冷えする……でしたっけ？」

「そうよ」

雪かき道は星明かりで照らされていて、薄暗い中に山陰《やまかげ》がしっかりと見えた。足下が恐いから全員ランプを持ってるけど、そんなに危なっかしい感じもしない。

しばらく進んだ林の陰、雪道の側にその辺の木から折った枝と赤い手ぬぐいで出来た旗が立ててあった。

ここは一つ前の便が、夕食を届けた場所だ。

帰りに食器を持って帰らなくちゃいけないからねー。

それを横目にさくさく歩いて半刻ちょっと。

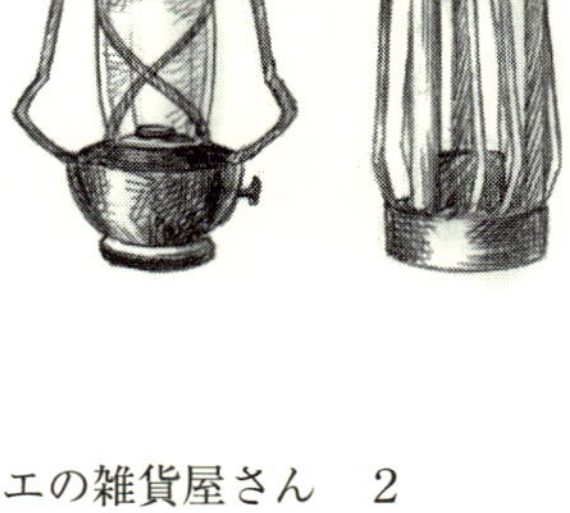

「あれかな？」

「結構進んでますね」

今度は灯りがともってる。

……たった半日ほどなのに、ずいぶん先まで道が出来上がってて驚いたよ。

「こんばんはー！」

「お疲れさまです！」

小さく揺れていたのは、たいまつとランプだった。

基本通り、疲れる雪かきと休憩半分の灯り持ちを交替でやってるんだってわかる。

「おう、メシが来た！」

「待ってたぜ！」

こっちを仕切っているのは『獅子のたてがみ』の神官戦士、アヒムさんだ。もちろんお髭。

グードルーン達が荷物を降ろして敷き布を広げる間に、わたしも魔力を止めて毛布を開け、お鍋を確かめる。うん、まだ熱いね。

ギルドから借りた野営用の木椀《もくわん》に、シチューをたっぷりよそう。

あったまるよー。

「お夜食はカールさん特製、鹿のハムと晒しタマネギのはさみもの、ライム風味です！」

「さっき『孤月』さまが、とっておきだって鹿のハムを持ってきてくださったんですよ」

「こっちはいつものシチューだけど、半日煮込んだウサギ肉がたっぷりですからね。この袋は『猫の足跡』亭の新作、蜂蜜棒と塩入り棒ですから、お腹が空いたら適当に食べて下さい。あと、おまけで黄色の疲労回復薬も置いていきますから、空いた瓶は食器と一緒にまとめておいて下さいねー」

「……」

表情だけで返事をしながら夜食をがっつくアヒムさん達に、にっこりと微笑んでおく。

これで急ぎの雪かきじゃなかったら、ピクニックにしては贅沢すぎるぐらいのおもてなしだけど、こんなにお腹が空くぐらい頑張ってくれてるっていうのはよーくわかったよ。

第十六話「最善と幸運」

集落に戻ったわたし達も、シチューの残りを貰ってお夜食を食べてから少し休憩。

アレットにもお夜食を届けてから、今度は厨房で洗い物や仕込みを手伝っていると、空が少しずつ明るくなってきた。

表が騒がしくなったのに気付いて、広場に出る。

橇のまわりには、もう人集《ひとだか》りが出来ていた。

「おはよう、ジネット」

「……ディートリンデさん」

「大丈夫よ。この『銀の炎』を信じなさい」

微笑んだディートリンデさんはいつものローブじゃなくて、魔銀の胸当てに銀象眼《ぎんぞうがん》でびっしりと呪文が彫られた短杖《たんじょう》、もちろん頭にはつば広の魔法帽、黒いマントと脚甲付きの編み上げ靴も凛々《りり》しい戦装束《いくさしょうぞく》だ。

少し大きめの腰袋には、たぶんわたしが預けた魔法薬。

蜂蜜棒や水袋、アルノルトさん達の剣なんかは、まとめて橇にくくりつけられている。

「ディートリンデさん！」

「アレット？」

いざ出発という時に走ってきたのはアレットで、手には小袋が握られていた。

「これ、食べて下さい！　特製の『飴玉』です！」

「飴!?」

「丸薬よりずっと効果がありますよー。レシピだけは母さんから譲って貰ってたんですけど、お砂糖を買う勇気がなくって……。あ、青いのが疲労回復で、赤いのが身体《しんたい》強化です」

急にお砂糖が欲しいって何かと思えば、そっか、これ作ってくれてたのか。

あっと思い出してヤコビンさんを見れば、すんごくやる気に満ちた目になってた。飴が食べたいって言ってたもんね……。

早速三人が青い飴を口に含む。

「では、行って参ります」

「うむ。……頼んだぞ」

「はい」

「へい!!」

お見送りのアロイジウスさまに、ヤコビンさんとアルノルトさんが頷いて、橇の左右に取り付けられた台の上に寝そべった。

「……【魔力よ集え、浮力と為せ】」

ディートリンデさんの杖が振られると、橇はほとんど『浮かなかった』。

つまり、魔力の無駄がほとんどないながらも、必要な力はきっちりと込められているわけで、流石は二つ名持ちだと感心する。

「いっ、せい、の、せい!」

後ろの二人が雪を蹴ると、橇はすいっと動き出した。

道から少し外れた方向だけれど、これは予定通り。

いつもの道は馬車が進めるぐらいなだらかな代わりにうねうねと曲がっているから、そのまま橇で進めば遠回りになる。

だから木の少ないところ——雨の時だけ川になる小さな谷筋——を選んで一気に降り、湖の畔《ほとり》まで一直線。

そこから先は道に合流……と言いつつも、邪魔者が大してない雪原《せつげん》が広がっているだけだから、真っ直ぐヴェルニエを目指して進めばいい。

「頼んだぞー！」

「無事についてくれ！」

「いってらっしゃーい!!」

集落の端まで、橇を追いかけるようにして見送る。

どうか、間に合いますように……。

「……おい！」

「ちょっ!?」

カールさん達が、谷の方を見下ろして驚いている。

橇の向かった先に、うっすらと魔法の光が幾つも浮かんでは消え、しばらくして小さな音がこだましてきた。

……わたしは知っていたけれど、ディートリンデさんが橇の左右に風の魔法を飛ばして、邪魔になりそうな木を避《よ》けてるんだ。

斜面で行き足をつければ、後ろの二人——今はお荷物になっているけど仕方ない——が雪原に入るまで楽を出来るし、ヴェルニエ到着も早くなる。

アレットが徹夜で用意してくれた魔力回復薬は、ギルドが魔晶石を奮発してくれたお陰もあって、ディートリンデさんにも余力を与えてくれていた。

「……ふう」

少しだけ肩の荷が下りたせいかな。

……急に、ユリウスの顔が見たくなった。

ヴェルニエに向かうディートリンデさん達を見送り、雪かきの交替に出ていく『高山の薔薇』に頑張ってと声を掛け、イーダちゃんの看病をウルスラちゃんと交替して……。

気が付けば、いつもならお店を開ける時間になっていた。

「……」

眠るイーダちゃんの口元が動いたのに合わせ、濡らした綿――湯冷ましに塩と蜂蜜を混ぜたものが用意されていた――を唇に寄せる。

着替えはさっきウルスラちゃんと二人で頑張ったし、その少し前にはディトマールさんが熱冷ましの魔法を掛けてくれた。

だからしばらくは大丈夫、なんだけど……。

「……」

……この数日は天気もいいし、クーニベルトさまの使い魔が上手くつかまれば、お薬が届くのは最短で三日。

最長は……考えたくないけれど、五日か六日か……。

わたしはもう数日、このもやもやとしながらも急《せ》いてしまう気分と上手くつき合っていかなくちゃならなかった。

何かしていないと、落ち着かない。

それが褒められたことじゃないことは、よくわかってた。

でも、目の前のイーダちゃんの赤い顔を、冷たい手ぬぐいで拭うたびに。

『それぞれが出来ることをやってる！

出来ないところも知恵と工夫で凌《しの》いだ！

だったら胸張って、これが最善、イーダちゃんは絶対助かるって信じなさい!!』

心の中のもう一人のわたしが、わたしを怒鳴《どな》りつける。

不安で、心配で、どうしていいか分からなくなる気持ちを精一杯抑えながら、わたしは自分に大丈夫と言い聞かせていた。

手ぬぐいを絞《しぼ》り、ため息を一つ。

ディートリンデさん達はもう、湖のところを越えてるかもしれない。

冒険者は、いまも雪かきを頑張ってるはず。

イーダちゃんは、いまもわたしの目の前で虹色熱に耐えていた。

「……」

ユリウスには、シャルパンティエの事を任せるって言われてる。

うん、胸を張って前を向こう。わたしがしっかりしていなくちゃ。

……とは言うものの、やっぱり、不安が心の底で熾《おび》き火のように燻《くすぶ》って、消えてくれない。

「ジネット、交替しましょ」

「パウリーネさま……」

「……あらまあ」

パウリーネさまにぽんと肩を叩かれて、はっと気が付けばお昼前だった。

……何故か、じっと見つめられる。

「えーっと、パウリーネさま……？」

「んー……そうね」

「はい？　え、あ……ひゃあっ!?」

ゆっくりとパウリーネさまの手がわたしに伸びてきた。柔らかく、両方からほっぺたを挟まれる。

あー……。

つめたいけど、気持ちいい。触られるまでわからなかったのに、頬《ほお》のお肉がこわばってたのを感じる。

「ジネット」

「はい？」

「お昼、食べてらっしゃい。……ゆっくりと、時間を掛けて食べるのよ」

「はい、ありがとうございます……？」

お昼の時間に丁度いいし、もちろん看病はパウリーネさまにお任せできる。……何でもお見通しよと言わんばかりのパウリーネさまに小さく微笑んで、わたしは部屋を後にした。

ああ、そうか。

階段を下りながら、ほんのちょっとだけ甘えさせてくださったんだなと気付く。

いい加減なのは絶対駄目だけど、気を張りすぎるのもよくないんだ。


外は相変わらず、いいお天気だった。

おかげで顔が、痛いほど寒い。夜の方がまだ暖かかった気もする。……そんなはずはないのに、気分ってあるよね。

今頃ユリウスはどうしてるかなあと考えながら広場を横切って、昨日からずっと営業中の『魔晶石のかけら』亭に顔を出せば、中はがらんとしていた。

交替の人は寝てるし、起きていれば雪かきだ。カールさん達は休憩中かな、帳場《ちょうば》には誰もいなかった。

「あ、ジネットさん、お疲れさまでーす」

「はいお疲れさま、マルタ」

奥からマルタの声がして、顔が半分だけのぞいた。

今日のお昼の料理長は彼女らしい。

すぐ持っていきますとマルタは一度厨房に引っ込んで、熱々の汁碗《しるわん》をわたしの前に置いてくれた。

「今日のお昼は、いつものスープとこれです」

「おー」

案内されたテーブルには、蜂蜜棒と塩入り棒が篭に山盛りになっている。味の意見を聞くつもりで、『猫の足跡』亭から大量に持ち込まれたらしい。

日持ちするから無駄にならないけど、ディータくん、頑張りすぎだよ……。

「蜂蜜棒って初めて食べましたけど、結構美味しかったですよー。普通の堅焼きパンより食べやすかったです」

「甘みがあるからおやつにもいいよねえ」

わたしは懐かしさ半分で、先に蜂蜜棒へと手を伸ばした。ほんのりとした甘みが、口の中に広がる。実家で食べていたアルベールさんの蜂蜜棒より、ちょっと味が濃いかな。

でもこれが、シャルパンティエの味になっていくのかもしれないね。

「おう、ジネット嬢ちゃんも起きてたか」

「おはようございます、アヒムさん」

雪かき組のアヒムさんも、流石にお疲れのご様子。交代はあっても、あの時間からじゃ大して眠れてないはずだ。

「マルタ、俺にもメシを頼む」

「はーい、ただいまー！」

ふわあと大きなあくびをしたアヒムさんは、開けっ放しの扉の向こうまでのしのしと歩き、踏まれていない雪を一つかみして顔を『洗う』と、すっきりした顔で戻ってきた。

「アヒムさん、どうぞ」

「おう、あんがとよ」

マルタがアヒムさんの汁碗と一緒に、煎り豆の小皿も置いていった。お酒の肴にもなるけど、今日のように忙しい時には作り置きの一皿にも、子供のおやつや持ち歩きの行動食にもなるという大活躍の何でも屋さんだ。

シャルパンティエの何でも屋さん……雑貨屋さんのわたしは、煎り豆ぐらい役に立てているのかな……。

「……」

「……そう心配そうな顔すんなって、嬢ちゃん」

外の方を見ながら、アヒムさんは目を細めた。

「天気も悪かねえし、戻ってくる奴もこっちに組み込める。ヤコビン達も予定よりゃ早く戻ってくるさ」

「……はい」

「実際、嬢ちゃんはよくやってる。本当にどうしようもねえ時にゃな、泣き出して動けなくなっちまう奴の方が多いんだぜ。後は笑って、幸運を呼び込むのがいい冒険者ってもんだ」

にやっと笑ったアヒムさんは、そういえばと髭をしごいた。

「おっと、嬢ちゃんは冒険者じゃねえ、雑貨屋だったたな。悪い悪い」

でも、本当にそうだね。

わたしも笑顔で、成功を信じなきゃ。

それから……ありがと、アヒムさん。

わざとおどけて見せたのは照れ隠しなんだろうってわたしにもすぐわかるぐらい、『獅子のたてがみ』の三人は、揃いも揃って不器用なのだ。

ぽつぽつと起きてきた仮眠組と挨拶を交わしていると、昼過ぎになって一組のパーティー――女性冒険者を含む『祝祭日の屋台』――が戻ってきた。

「じゃあ、あたいらはヴェルニエまで行く必要はないんだね？」

「はい、もちろん」

戻ってきたばかりで疲れているはずなのに、二つ返事で『依頼』を引き受けてくれた彼らを、看病と雪かきに組み入れるべく配置を相談していた時。

表がちょっと騒がしくなって、くぐもった叫び声が聞こえてきた。

「なんだ!?」

「どうした？」

ばたばたと駆け込んできたのは、身体中が雪まみれになったウルスラちゃんだった。……また滑って雪に突っ込んだね？

「きました！　お薬、きました！」

一瞬ぽかんとして、冒険者達と顔を見合わせる。

ディートリンデさんが出発したのって、今朝なんだけど……？

「いま、ディトマールさんがお薬飲ませに行って、それで……」

ウルスラちゃんの説明は、酒場中から上がった大歓声に掻き消されてよく聞き取れなかった。

でも、いいんだ。

お薬が間に合ったってこと！

それはしっかり伝わったよ!!


雪かき組にも知らせを出して、『魔晶石のかけら』亭の酒場がほんのちょっとだけ落ち着いてからのこと。

とりあえず、依頼者の特権を使って——酒場に集まっていたみんなも行きたそうにしていたけれど、病人の部屋に大勢で押し掛けるのは駄目と宥《なだ》めた——イーダちゃんの顔を見に行くと、ディトマールお爺ちゃんが満面の笑みでもう大丈夫と頷いてくれた。アロイジウスさまご夫妻も、静かに笑みをうかべてらっしゃる。

「……よかったあ」

イーダちゃんの顔色は……まだちょっと赤いけれど、お昼に行く前よりずっとましだった。

原料の腐躯呪草じゃなくて調合済みのお薬が届いたそうで、作る手間も省《はぶ》けたみたい。

もう心配ないとわかって、一気に肩から力が抜けていくのがわかる。

「五日待つつもりが実質半日で済んだからな」

「ほんと、幸運の持ち主だこと」

わたしはイーダちゃんの顔をよく見ようとして……ベッドの脇《わき》の何かが、もぞもぞと動いたのに気付いた。

「ひゃっ!?」

慌てて飛び退《の》けば、ディータくんだ。放心したように、床に座り込んでいる。

「ディ、ディータくん、大丈夫!?」

「はい……」

「えーっと、うん、とりあえず寝ようか？　こっちはわたし達もいるし……」

「ありがとう、ございます……」

もちろん、ディータくんが一番イーダちゃんのことを心配していたに違いない。

兄妹二人、このシャルパンティエにやってきて頑張ってたのに、急に妹が倒れたりしたら、こうもなるよ……。

「ディータよ、イーダは儂《わし》らが見ておるから安心せい」

「眠れんなら居眠りの魔法ぐらいはおまけしてやるぞ？」

「そうね。あなたが倒れたら、それこそイーダを泣かせちゃうわ」

何度もお礼を口にしながら、ディータくんは隣の寝室に入っていった。ちょっとふらふらしてるけれど、ディトマールお爺ちゃんが付き添ってるから大丈夫だよね。

それにしても、眠りの魔法は知ってるけれど、居眠りの魔法なんて聞いたことない。……ほんとにあるのかな？

「パウリーネ、こちらは任せるぞ。ジネットに依頼完遂の証明書を渡さねば」

「ええ、あなた。ジネットもご苦労様だけど、先に済ませてらっしゃい」

「今日中ならばいいんだが、もう仕事にならんだろう。村を挙げてのどんちゃん騒ぎになるのは目に見えている。……手続きが明日になれば、何もしていないのに報酬が一日分加算されるからな」

「はい、ありがとうございます」

ギルドマスターを長年やってこられたアロイジウスさまは、もちろんそれら事務仕事にも精通《せいつう》していらっしゃる。……宴会が原因で手続き不備になって、二日分で済むはずの冒険者への報酬が三日分になるのは、わたしもちょっと恥ずかしかった。もちろん、頑張ってくれたみんなに感謝を込めて、わざと手続きを遅らせたいという気持ちはあるけれど……。

無理です。ごめんなさい。

みんなからよってたかって諭《さと》された上に、アレットから大きな雷《かみなり》を落とされるところまで想像がついた。たぶん、そんな余裕ないよねえ……。

アロイジウスさまについて歩きながら、わたしもきっちりと気分を入れ替えて今回の『支出』について考える。

特効薬の代金、冒険者への報酬、ギルドへの仲介料《ちゅうかいりょう》、それと同時に発生する税。『魔晶石のかけら』亭は依頼が出てからずっと無料で食事を出し続けているし、橇の材料はアロイジウスさまの建材で、ディータくんもラルスホルトくんもただ働きだ。うちも明日からの営業が心配になるほどお薬の在庫を出していた上、ギルドからは魔晶石の提供も受けている。

さあ、これをぜーんぶ片付けないと、きれいに締《し》めくくれない……って、あれ!?

「あの、アロイジウスさま」

「うむ?」

「どうしてこんなに早くお薬が届いたんですか?　いくらマスター・クーニベルトの使い魔が鷲でも、知らせが届くより早くヴェルニエを出発出来るはずありません、よね……?」

くくくと小さく笑ったアロイジウスさまは、手続きをしながらでも話は出来るからと、ギルドを指差した。

第十七話「村の顔役」

「お疲れさまです、マスター・アロイジウス、ジネットさん」

ギルドは流石に無人ってわけじゃなくて、ウルスラちゃんがそわそわと外を気にしながら受付に座っていた。

「ズィーベンシュテルンは?」

「手紙を足缶《あしかん》に入れると、そのまま戻って行きました」

「うむ、ご苦労」

また後でとウルスラちゃんに手を振って、わたしはアロイジウスさまについてマスターの部屋へと向かった。……ギルドの奥まで聞こえてくるほど『魔晶石のかけら』亭から届く乾杯のかけ声が大きくて、ちょっと気になってしまうのは仕方ない。

「……ふむ、大体はまとまっているな」

まずは、各パーティーごとの契約書にヴェルニエのギルドが代理で用意した特効薬の請求書、逐《ちく》一《いち》記録されていた概況《がいきょう》を束ねた報告書……。書類束ってほどの枚数はないけれど、結構な量になってた。

最後にアロイジウスさまから依頼完遂の確認書を手渡され、重なっていた雑費の請求書を目で追う。

「かなり安くして貰ったみたいで、ありがとうございます」

「俺は何も手を加えとらんぞ。礼はディートリンデ君に言うといい」

「はいもちろん、ディートリンデさんにも」

書かれていた請求金額は、『保留付き』の七ターレル三十一グロッシェン。……お薬は無事に届いたから依頼は完遂されているけれど、ヴェルニエと往復中のヤコビンさんと、ヤコビンさんがいないおかげで活動できない『獅子のたてがみ』には、もちろん配慮が必要だった。

緊急な上に総動員《そうどういん》だったけど、冒険者と協力者——アレットやカールさんのような、冒険者以外でこの依頼のために頑張った人々——への報酬はともかく、このぐらいで済んだのは幸いかもしれない。ちなみに期間が三日だと確実に十ターレル以上になってたはずで、少しほっとしたよ。

この請求書には私財《しざい》を持ち出した人への補填分《ほてんぶん》なんかは入っていないので、不公平がないように後から話し合う予定になっていた。

でもここで実は、一つ問題がある。

うちが提供したお薬は、ちょっと請求しにくい。

ギルドに在庫を引き受けて貰う手前で踏みとどまれるかぎりぎりだけど、大盤振る舞いを言い出したわたしが、その請求を押しつけちゃうのはどうかって思ったりもするんだよね。売り上げのために思いついたなんて、絶対に言われたくないし……。

暖炉の焼けぼっくいでパイプに火を着けたアロイジウスさまが、面白そうな顔でこちらを見た。

「ふむ、何故、薬がこんなにも早く届いたかというからくりだがな」

「……そうでした」

請求書に気を取られて忘れてたよ。

どちらにしても、これで一旦は落ち着ける……かな。残りの面倒事は、ディートリンデさんとユリウスが帰ってきてから、だね。


しばらく、アロイジウスさまのお話を聞いて。

橇のことは教えて貰ったけれど、詳しいことも依頼料の支払いも関係者が戻った後ということで、わたしは『魔晶石のかけら』亭に顔を出した。

アレットを起こした方がいいのか迷うけれど、夕方には自分で起きてくるかな。朝方まで頑張ってくれていたものね……。

「おう、ジネット嬢ちゃん！」

「ほれほれ、立て役者のお越しだ、席を空けろ！」

「ジネットさん、お帰りっす！」

おー、なんだかすごい。大歓迎だよ。

まだ日は高いけど、みんなエールのジョッキを手にしてる。今日はもちろんいいけどねー。

「もいっちょ乾杯だ！」

「カール、嬢ちゃんにも一杯回してやんな！」

「わ、ありがとうございます」

さあさあと座らされ、目の前にどすんとジョッキが置かれる。

苦手ってわけじゃないけれど、たまにお酒が飲みたいときはワインを選ぶから、こっちは久しぶりだなあ。

エールのジョッキは取っ手のついた小さな樽みたいな形で、大中小があるけれど……って一番おっきいやつだよこれ。

……あー、もう！

いいや、わたしも本気で飲むよ！

「さあさ、さあさあ、皆の衆！」

「酒はあるや？　肴はあるや？」

お決まりの口上《こうじょう》に、わたしもジョッキを掲げる。

はじめて見た時は何が始まるんだろうって首をかしげたけれど、冒険者宿で夕食を食べるようになって一年と少し、もう慣れきった。

「イーダ嬢ちゃんの無事と！」

「ジネット嬢ちゃんの決断と！」

「美味いエールと！」

「塩っ辛い堅焼きパンと！」

……あー。

「無駄になった雪かきと！」

「この場にいない不運な連中と！」

「肝心要《かなめ》の依頼完遂と！」

「やーらけー兎肉《うさぎにく》と！」

「みんなまとめて！」

「乾杯だ!!」

そうなるだろうなあと思っていたけど、ぐだぐだだ。もう出来上がってる人も多いから祝い言葉の掛け合いも滅茶苦茶《めちゃくちゃ》で、乾杯前にもう飲み干してた人もいるぐらい。

でも。

小さな女の子を、みんなで協力して助けた。

そのことは、『冒険者の心意気』とそれぞれの胸に響いてるはずで、みんな、心から楽しそうな顔してる。雰囲気だけで酔いそうだけど、たまにはいいかな。

……もちろん、毎日はごめんだけどね！

大声で乾杯を繰り返していた冒険者達もダンジョンへと向かい、どことなく浮《うわ》ついていた気分も落ち着いてきた数日後。

ヴェルニエからディートリンデさん達が戻り、手続きやら精算やらのあれこれに追われていると、同じ日の夕方、ユリウス達も無事に帰ってきた。

上機嫌でエールを飲んでるローデリヒさんはともかく、『英雄の剣』はちょっとお疲れの様子だけど、怪我もないしユリウスも何も言わないから、たぶん大丈夫だったんだろう。

「ディータの様子を見ても、もう問題ないようだが……ふむ、明日にでも顔を見に行くか」

「明日ならイーダちゃんも普通に起きてるんじゃないかな。昼にお見舞いに行ったけど、今日一日は我慢しなさいってベッドに戻されてたし」

「それならそれでよいことだ」

一仕事《ひと》を終えた夕方、『魔晶石のかけら』亭一階酒場のいつもの席でシチューをつつきながら、この数日で起きたあれこれをユリウスに聞かせる。

何はなくとも……ってわけじゃなくて、やっぱり、ユリウスが居るだけで安心するね。

「それにしても、腰まである雪の中、ヴェルニエとの往復に休憩日込みで五日とは……。橇を魔法で浮かせたことは聞いたが、他にも仕掛けを施《ほどこ》してあったのか？」

「んー、橇は押す人がちょっと大変そうだったぐらいで、あとは普通だよ。たぶん、すごかったのはディートリンデさん達……かなあ」

うん、作ってる途中も見たけど、橇は間違いなく普通だったと思う。

予定では急いで片道二日のはずが、半日弱にまで縮まった理由は、戻ってきたディートリンデさんが詳しく教えてくれた。

まずは、シャルパンティエとヴェルニエの距離が予想よりも短かったこと。いつも使う馬車の道は、シャルパンティエに近づくほど曲がりくねっているからね。真っ直ぐ行った方がもちろん近い。

それから、広場では狭すぎて力を出し切れなかったアルノルトさんとヤコビンさん……の足。シャルパンティエ近くの急斜面ほどの速度は無理でも、雪原で脚力を全開にしたら、馬のだく足よりもずっと早く橇が進んだらしい。雪がなかったら、メテオール号で半日ちょいだもんね。橇も浮いてるし。

もう一つおまけに、ギルドが用意してくれた魔晶石を贅沢に使ってアレットが作り上げた、青の魔力回復薬と疲労回復薬。……もちろん超高級品。

これが効きすぎるほどに効いたそうで、湖の少し先まで進んだあたり、疲れ切る前に——もちろん橇を止めることもなく——それぞれが服用したら、ヴェルニエに到着してもまだ余裕があったんだって。

帰りも橇で戻れるだけ戻ってシャルパンティエにかなり近いところで一泊、雪かき道が結構なところまで伸びていたから楽が出来たと、ヴェルニエと往復した三人はいい笑顔だった。ほんと、お疲れさまでした。

ちなみに帰ってくるなり飴を注文してきたヤコビンさんは、青い飴が一粒三グロッシェンと聞いて目を丸くしていた。もちろん、数種の薬草の他に魔晶石の粉まで使ってる特製の飴だから、これはしょうがない。……流石に普通の飴はそこまでのお値段じゃないし、春になったら取り寄せてあげようかな。

「そう言えば、『孤月』も苦笑いしていたな。『銀の炎』は古巣《ふるす》相手に大立ち回りをしたとか?」

「らしいよー。わたしはものすごく助かったけど……」

ディートリンデさんはヴェルニエから戻る時に、向こうのギルドとクーニベルトさま個人から金貨をたっぷり引き出してきていた。

わたしがのんびりしていられるのも、そのお陰なんだよねー。

もちろん、ディートリンデさんが悪事《あくじ》を働いたってわけじゃないよ。クーニベルトさま相手に、シャルパンティエから半日で来られた秘密を教えて欲しいなら費用を折半《せっぱん》って話に持ち込んで、その上で技術を売るなんて名目でギルドからも結構な大金をせしめたそうだ。

でも、そこに至るまでの立ち回りとか駆け引きまでは、目の笑ってない笑顔で内緒よと言われてしまったのでわからない。……ちょっと恐かった。

その後、事後承諾《じごしょうだく》でごめんなさいって頭下げられちゃったけど、大助かり過ぎる。

年末までにどうやって辻褄《つじつま》合わせをしようかって頭抱えていたのが、一転して『そこそこ儲かった』になっちゃったんだから、頭下げるのはわたしの方だ。

でも、馬がまともに使えない冬場、雪で孤立した猟師さんを助けに行くとか、シャルパンティエと同じで雪かき道が通っていない小さな村に急いで向かうなら、『浮《う》き橇《そり》』と命名されたそれはとても価値のある技術……らしい。

いつもクーニベルトさまの使い魔が使えるわけもないし、竜なんて呼びつければそれこそポーション代どころの話じゃないくらいお金が掛かるからね。

わたしは、イーダちゃんと同じで助かる人が増えるならそれでいいやって思うし、名前はなんでもよかった。

とにかくねー、心配事がまとめて消えたお陰で、今夜はワインがおいしいんだ！

「そうそう、余ったお金は商工組合で預かって、また困ったときに使うことに決まったよ。ちょっとずつだけど、来年からは毎月積み立てもするわ」

「ふむ、積み立てか……」

「どうかしたの？」

「野に出た魔獣の討伐依頼などでは、大抵村の積み立てから報酬が支払われるからな。俺には馴染み深い」

「そっか……。あ、ダンジョンの方はどうだったの？」

「収穫なしというわけではなかったが、もう一度赴《おもむ》かねばならん。今度はもう少し範囲を広げ……」

ユリウスがおやという顔で、視線をわたしの向こう側に飛ばした。

そちらを見れば『高山の薔薇』のレオンハルトさんが、竪琴《たてごと》を抱えて暖炉の近くに陣取っている。

この数日は見なかったけど、今日は喉《のど》で稼ぐのかな？

ほどなくじゃらんと和音が響き、酒場中がそちらを向いて静かになった。

「これなるは～、雪深き頃、辺境のぉ～」

じゃららん。

「東の東、山の際～、シャルパンティエの～、物語ぃ～」

……あ。

これ、新曲だ！


「いいぞ、レオンハルト！」

「おおおおー!!」

「もう一回！　もう一回だ！」

歌が一旦終わると、酒場にはもちろんのこと大歓声が上がった。

銅貨が床をはねる音が、いつもより多く聞こえる。……おー、銀貨混じりだね、これ。

うん、そりゃあみんな楽しいはずだ。冒険者の活躍する歌はいっぱいあるけれど、自分の名前が出てきたり、そうじゃなくても自分の見知った冒険者の出てくる歌なんて、滅多に聞けない。

「カール！」

「はい、領主様！」

「エール樽一つ、俺の買い切りだ。皆に振る舞ってやってくれ」

「毎度！」

ユリウスもなんだか上機嫌になってるし。ふふ、自分の領地で冒険者が活躍する歌なんて、嬉しくないはずがないよね。

「はい、領主様。ジネットも」

「済まんな」

「ありがとうございます、ユーリエさん！」

ユリウスの振る舞い酒は、カールさんとユーリエさんの手であっと言う間に酒場中に行き渡った。

そこかしこで乾杯の声が上がり、やがて和音が歓声に取って代わる。

もちろんわたしも、わくわくしながら聞き入っていた。

……途中までは。

「ジネット？」

「……なんでもない」


じゃん、じゃらららん。

おお、ジネット〜！

哀《かな》しみの涙は～、その時希望に変わった～！

『冒険者の集いしシャルパンティエ！　なればこそ！　なればこそ！　おお！　わたくしは、彼らに望みを託《たく》します！』

じゃん、じゃらららん。

おお、ジネット～！
金の髪ほつれるも厭《いと》わず～、宿に駆け込んだ～！
『冒険者よ！　不可能を可能にする者よ！　聞き届けたまえ！　叶《かな》えたまえ！』
おお、ジネット～！
清らかなるその涙は～、我らの心を揺さぶった～！
じゃららん。だだだだん。

「……」

この歌に出てくる、姐《あね》さん気質《かたぎ》かと思えば涙もろく、荒くれ者の冒険者達も一声でまとめ上げる村の顔役、『ジネット』さんは。

わたしじゃないと、思いたい。

キャラクターデザイン

アレット

Alette

・アレット髪パターン
小さい三つ編
① ツインテール
小さい三つ編
② アシンメトリー
サイドテール
③ 両サイド三つ編
反対側になると大人っぽい
又はおとなしい印象になるのが特徴

キャラクターデザイン
イーダ
Ida

キャラクターデザイン
ディータ
Diether

キャラクターデザイン
アロイジウス
Aloisius

キャラクターデザイン
パウリーネ
Pauline

次巻予告
〔2015年夏頃予定〕

——あの個性的な
キャラが再登場!!

——ジネットに強力な
恋のライバル出現!?

まだまだ発展途上の、
シャルパンティエの雑貨屋さん。
ジネットは今日も元気に雑貨屋さんを切り盛り中。
そこへまたまたトラブルが発生!?

目が離せない日常系お店屋さんストーリー、
第3幕の開店は——2015年夏を予定!!

シャルパンティエの雑貨屋さん　2

＊本作は「小説家になろう」（http://syosetu.com/）に掲載されていた作品を、大幅に加筆修正したものとなります。

2015年3月20日　第一刷発行

著者 …………………………………… 大橋和代

イラスト …………………………………… ユウノ

発行者 …………………………………… 及川 武

発行所 …………………… 株式会社フロンティアワークス

〒173-8561　東京都板橋区弥生町78-3

営業　TEL 03-3972-0346　FAX 03-3972-0344

アリアンローズ編集部公式サイト　http://www.arianrose.jp

編集 …………………… 渡辺悠人・丸山朋之・堤 由惟

装丁デザイン …………………… ウエダデザイン室

印刷所 …………………… シナノ書籍印刷株式会社